Fan
ファン文庫

JN131391

こぐまねこ軒

自分を人間だと思っているレッサーパンダの料理店　おかわり

著　鳩見すた

マイナビ出版

もくじ

月島睦月は
エビフライの音に音を上げた

Koguma
nekoken

1

「ねえねえ、なのかちゃん。二十四歳って絶対うそでしょ」

これが男の言葉だったら、ノータイムでひっぱたいていいと思う。

しかし発言したのは十八歳の女子高生で、私は一応教師の身。

ここはむっとする程度にとどめようと、片眉を上げて牽制《けんせい》する。

「あれー？　その反応、まさか図星《ずぼし》？」

女子生徒はきゃっきゃと笑い、明らかに楽しんでいた。

「図星なわけないでしょ！　そもそも女性に年齢を聞くな！」

私はとある料理人に教わった、〝相手を本気で怖がらせるポーズ〟を試みる。

「なにそれ、めっちゃかわいい！」

両手を真上にかかげただけの私を見て、女子生徒が爆笑した。

まあそうなるよねと、私も一緒に笑う。

この威嚇《いかく》ポーズを怖がるのは、きっと小動物くらいのものだろう。

まあその料理人――コタローさんの場合は、それで十分なんだけど。

「で。私はなんで年齢詐称《さしょう》を疑われてるわけ。きみとはつきあい長いでしょ」

ここは八王子《はちおうじ》西頼《にしより》高校の、あらゆる場所からもっとも遠い空き教室。

学習机は端に寄せられ、教壇《きょうだん》にはドラムセットやアンプが置いてある。

そろそろヒグラシが鳴き始める放課後だけれど、窓には防音カーテンがかかっているためなにも聞こえない。

もう想像がつくと思うけれど、ここは軽音部の部室だ。

女子生徒は部長の三年生で、私は戸締まりをしにきただけのぐうたら顧問。

「だってさー、二十四歳にしてはさー」

部長は目尻をぬぐいながら、まだ笑い続けている。

「なに。どっからどう見ても二十四でしょ。きみらといくつも変わらんつーの」

私は腰に手を当てて、ふんと胸を張った。

自分では、老けているとも若作りとも思ってない。

まあ教師二年目にしては落ち着いて見られるけれど、それは環境の問題だ。

学校という場所は、職場としてはブラックにほど近い。

おかげで女らしい振る舞いをしていると、その無意味さに肩がこる。

だから性格は自然とさばさばしていき、やがては貫禄も伴《ともな》ってくる。

思えば自分が学生だった頃も、フェミニンな先生なんていなかった。

女性教諭はこうやって、みんな労働者になっていくのだろう。

「たしかに、見た目は年相応だけどねー。だから、うちらも名前で呼んじゃうし」

「許可した覚えはないけどね」

「ほかの先生たちの前では、ちゃんと日南《にちなん》先生って呼んでるじゃん」

めっちゃ言いにくいけどと、部長がまた笑う。

まあ呼びにくいという自覚はある。

特に頭の「に」が発音しにくく、「ちなん先生」と呼ばれがちだ。

なので形式的に注意はするものの、七日《なのか》と名前で呼ばれることは黙認している。

「見た目じゃなくって、こういう古いの持ってるとこが年齢不詳なの」

部長が机の上を指さした。

そこにはグランジというムーブメントを牽引《けんいん》したバンドのセカンドや、日本国内に音楽フェスを浸透させたスリーピースバンドの四枚目など、誰もが一度は耳にしたことのあるロックの殿堂入りアルバムが並んでいる。

ほとんどが九十年代の名盤だから、オールディーズというほど古くはない。

しかし高校生の彼女から見れば、十分すぎるほどクラシックだろう。

「一応言っとくけど、この時代は私だってギリ生まれてないからね。ここにあるCDは全部……叔父から譲り受けたものだよ」

その単語を口にする際、少しだけ喉《のど》が抵抗した。

もうわだかまりはないつもりだったけれど、無意識では忘れていないらしい。

「というか！　今日だってきみが名盤の実物を見たいっていうから、わざわざ持ってきてあげたんでしょ」

私は自分をごまかすように、また例の威嚇ポーズをした。

期待通りに、部長があははと笑う。

「そうだっけ。じゃあこのCDって、叔父さんから押しつけられたの？」

「私が欲しがったんだよ。音楽の趣味って、親とか兄弟から影響を受けるでしょ。私の場合は、それが叔父さんのカーステで流れてた曲だったの」

おかげで学生時代はバンドに明け暮れてしまい、教師となったいまでは軽音部の顧問まで受け持つ有り様だ。

部活は手当もほとんど出ないし、面倒ばかりが増えるだけ。

だいたいボーカルだった私は、楽器のあれこれを教えてあげられない。

じゃあなんで顧問になったのかと言えば、因果応報《いんがおうほう》というやつだ。

　高校時代の私と仲間も、新任教師をそそのかして軽音部を設立している。

「私がきみにこういう話をしてるのも、すべてあのカーステが始まりだったわけ。そう考えるとエモいでしょ」

「なのかちゃん、カーステってなに？」

　あまりに予想外のリアクションに、私は軽くめまいを覚えた。

「そうだね……きみたちの世代は、音源をデータでしか持たないもんね……カーステレオなんて知るわけがないね……」

　この子はこれでも軽音部だから、多少の知識があるほうだ。

　本来いまどきの高校生は、ＣＤだってろくに見たことがない。

「カーってことは、車のスピーカーみたいなもの？　わたし車に乗ると、自分のスマホを繋いで好きな曲を流すよ。だからむしろ、親のほうが聴く側」

「ブルートゥースめ……いや私の頃にもあったけどさ……」

　彼女とはたった六歳しか違わないけれど、世代以上の差を感じた。

　あの頃に聞いた、叔父の言葉が思いだされる。

「楽器のチューニングだってスマホでできる。耳コピなんて知らなくても、タブ譜つきの〝弾いてみた〟動画がたくさんある。いまは音楽をやるには、いい時代だよ」

叔父が若い頃は、高価なスコアを手に入れるためにバイトしたり、練習でも音叉《おんさ》やメトロノームを使っていたという。

私はそんな苦労をしなかったので、叔父の経験談を聞くとうらやましかった。

見知らぬ土地を冒険するような、迷って途方に暮れるような、先人たちが費やした無意味ではない無駄な時間は、きっと宝物になっているだろう。

でもいまの高校生たちは、冒険はもちろん冒険譚《ぼうけんたん》を聞くことすらもかなわない。

そう考えると、少し同情する。

「きみたちはさ、『若いうちの苦労は買ってでもしろ』とか、なに言ってんだって思うでしょ。私もそうだったなあ……」

「なのかちゃん、いきなりどうしたの」

唐突すぎたのか、部長が笑いと不安の混じった顔になる。

「このCD、貸してあげるから家で聴いてみて」

「えっ、いいよ。曲はスマホに入ってるし、再生する機械もないし」

「お父さんにパソコン借りて。ゲーム機でもいけるかも」

部長が担いだベースのソフトケースに、無理やりCDをねじこんだ。

「えー、めんどい」

「苦労は未来の宝物。音楽好きなら、絶対いい経験になるよ。じゃあね——あっ」

とんと背中を押す直前、私は今日の本題を思いだした。

「どしたの、なのかちゃん」

「ほら、あれ。きみはなにか聞いてる？　月島《つきしま》さんが退部する理由」

部長は「うーん」と首をかしげた。

「辞めるって話は本人から聞いたけど、詳しいことはなんにも。月島さんとは学年もバンドも違うから、あんまりしゃべってなくて」

この学校の軽音部は、全体でまとまった活動がほとんどない。

基本的には部員が勝手にバンドを組み、ローテーションで部室を使うだけだ。

だから私はもちろん、部長であっても部員に目が行き届かない。

「そっか。呼び止めて悪かったね。じゃ、気をつけて」

部長が「はーい」と、スカートをひるがえして教室を出ていった。

「さて。これはどうしたものか」

さっきまで名盤が置かれていた机には、一枚だけCDが残っている。

ジャケットには二十代の女の子が写っていた。

黒髪のショートカットで、毛先にはパープルのインナーカラー。

そんなユニークなヘアスタイルをした女の子がボーカルの、国内でカルト的な人気を誇るエモコアバンド、『バーバーたかお』のファーストアルバム。

このCDは私物ではなく、一昨日に部室のゴミ箱から拾ったものだ。

持ち主には心当たりがある。

一年生バンドの女子部員が、部室でこのジャケットをよく眺めていた。

それがゴミ箱に捨てられていたのだから、なにかあったのは間違いない。

持ち主に返して様子を見ようと思ったら、当人の月島睦月《むつき》が退部届を持ってきた。

もちろん理由を尋ねたけれど、月島さんは「別に」としか言わない。

「まあ深くは聞かないよ。若いうちはいろいろあるしね」

そう言ってCDを返そうとすると、月島さんはそれも拒否した。

「もう捨てたものですから。欲しかったらどうぞ。では」

怒ったように月島さんが去ったので、CDはいまだ私が持っている。

「退部の理由は……音楽性の違い、じゃないよね」

まだ一年生の月島さんは、部内でいくらでもバンドを組み直せる。

それすらせずに部を去るのだから、理由はおそらく人間関係だろう。

私は彼女の担任じゃないし、生徒同士のもめごとに深入りするつもりもない。

首を突っこむ義理などないし、教師は慈善事業じゃない。

「ま、見なかったことにしよう」

青春の空気が充満した教室から出ると、私は施錠《せじょう》のルーティンをこなした。

2

小学生のなりたい職業ランキングで、教師はそこそこ上位に入る。

ところが中学生や高校生になると、誰も先生にはなりたがらない。

中高生のランキングで上位に入るのは、動画配信者やゲームクリエイターといった夢のある仕事か、薬剤師や美容師のような食いっぱぐれのない資格職だ。

小学生の頃は身近な大人として憧れるけれど、成長すると見向きもされない。

それが、教師という職業。

「じゃあなんで、先生は先生になったんですか」

山道を登りながら、月島さんが言った。

「公務員だから。私は小学生の頃から教師になりたいと思ってたけど、単にその頃から安定志向だったんだよ。実入りはともかく、リストラもないしね」

草の生《お》い茂《しげ》る脇道に入りながら、そんな風に回答する。

「先生って、ぜんぜん先生っぽくないですよね」

月島さんはあのCDジャケットの女の子みたいに、短い髪が似あっていた。

もちろんパープルのインナーカラーはしていないし、服装もTシャツにサロペットスカートとおとなしめ。

担任の先生に聞いたところでは、月島さんはクラスでも真面目な生徒らしい。

「教師は聖人視《せいじんし》されがちだけど、私が知る限りほとんど俗物《ぞくぶつ》だよ」

話が唐突すぎたのか、月島さんはぽかんとしていた。

私は途中をすっ飛ばし、結論だけを語る悪癖がある。

「いまのは気にしないで。とりあえず休日だから、今日の私は本当に先生じゃない。月島さんも特別に、『なのかちゃん』って呼んでいいよ――あ、そこ気をつけて」

私は月島さんの足下を指さした。

まだ正午前だけれど、山林の中には光が届かない場所がある。

慣れないうちは木の根につまずき、転んでしまうことも多い。

「先生が先生じゃないなら、なんでわたしをハイキングに誘ったんですか。別に先生と仲よくなかったのに」

月島さんが木の根をまたぎ、怒ったように振り返った。

いま私たちが登っているのは、八王子市にそびえる高尾山《たかおさん》だ。

標高が五百九十九メートルと手頃なので、癒《い》やしを求める都会人が週末のレジャーとしてよく登りにくる。

しかし私たちが歩いているのは、登山コースではなくふもとの脇道だ。

「私が誘ったのは、ハイキングじゃなくて食事だよ。ちょっと道は悪いけどね」

ふもとと言っても、人が通らない獣道《けものみち》は歩きにくい。

九月のいまは残暑もあるので、危険ではないが気楽でもなかった。

「答えになってません。なぜ、先生は、わたしを誘ったんですか」

生徒に言い聞かせる教師のように、月島さんが言葉を句切る。

月島さんが私を名前で呼ばないように、私も月島さんのことはよく知らない。

たとえ彼女が問題を抱えていても、担任じゃないから相談に乗る義務もない。

じゃあなんで、私は貴重な週末を費やして月島さんを食事に誘ったのか。

それはまあ、意地みたいなものだ。

「さっきも言ったけど、私は教師としては仕事熱心じゃないよ。でも音楽を愛するものとして、これを見すごすわけにはいかなかったんだよね」

肩にかけたトートバッグから、『バーバーたかお』のCDを取りだす。

「好きなバンドだったんでしょ。大事に持ってなよ」

月島さんはアルバムのジャケットを見て、一瞬足を止めた。

しかしすぐに目をそらし、歩きだして背中でつぶやく。

「……先生が先生じゃないなら、今日はきませんでした」

「頑固《がんこ》だねぇ」

でも怒っても帰らないあたり、やっぱり真面目な子だと思う。

月島さんは素直ではないけれど、その一挙手一投足《いっきょしゅいっとうそく》に心の純粋さが見て取れた。

だから今回、『小熊猫軒《こぐまねこけん》』に誘ってみたのだ。

あの料理店で食事をすると、力の入った肩が、握りしめた拳が、引き結んだ唇が、ほんの少しやわらかくなる。

私は別に、月島さんが抱える問題を解決しようとは思ってない。

ただこのCDを、大事に持っていてほしいだけだ。

「それより先生。本当に、こんなところにレストランがあるんですか」

「あるある。とびきり料理がおいしくて、夢心地になれるお店が。ほら、見えた」

話している間に山林を抜け、視界が大きく広がっていた。

ぽっかり開けた空の下には、小さな白壁の一軒家が建っている。

「普通の家じゃないですか……あ、カフェっぽい看板が出てる」

白い玄関ポーチの前に、ブラックボードが設置されていた。

表面には蛍光マーカーでメニューや価格、そして料理をするレッサーパンダのかわいいイラストが描かれている。

「お店の名前、小熊猫《シャオシオンマオ》……見た目はそれっぽくないけど、中華料理のお店ですか」

看板に近づいた月島さんが、店名を中国語で発音した。

「月島さん、中国語できるの」

「できませんよ。ちっちゃい頃、友だちに単語をちょっと教わっただけです……中華料理じゃなかったんですね」

月島さんが恥ずかしそうにそっぽを向く。

看板に、〝西洋料理店〟とあるのに気づいたらしい。

思慮深《しりょぶか》そうに見えて、考えるより先に行動するタイプのようだ。

それならきっと、小熊猫軒にも順応《じゅんのう》できるだろう。

「たしかに中華料理店っぽい名前だけどね。読みは普通に『こぐまねこけん』だよ。まあコタローさんに頼《たの》めば、中華も作ってくれると思うけど」

「そのコタローさんが、料理を作る人ですか。この家に住んでるんですか」

「食べる前にごちゃごちゃ考えない。ほら、入って入って」

私は月島さんの背中を押し、お店の玄関ドアを開けた。

「こんにちは」

声をかけて店内に入ると、最初に木製のカウンターが目に入る。

椅子は三脚しかなく、見回しても隅にテーブル席がひとつあるだけ。

カウンターの端には、赤いリンゴがたくさん入った籐《とう》カゴが置いてある。

その向こうに、掃除の行き届いたキッチンが見えた。

手作りっぽい木の棚には、白い食器がきれいに並んでいる。

調理台には年季の入った手回しのコーヒーミルや、味のあるくすんだ青色のポットが置いてあった。

「かわいい……かわいい！」

月島さんが店内を見回し、きらきらと目を輝かせる。

「わたし、こういう雰囲気の雑貨屋さん好きなんです」

さっきまでの不機嫌はどこへと言いたいけれど、はしゃぐ気持ちもわかった。

女の子は、こういうナチュラルテイストに憧れやすい。

私も若かりし頃は、木の洗濯バサミと麻糸で壁にポストカードを吊《つる》したくちだ。

おしゃれ空間にはまめな掃除が必要と気づいて維持はあきらめたけれど、いまでもカフェのインテリアを見ると心が浮き立つ。

「いらっしゃい、なのかちゃん。夏休み以来かしら」

キッチンの奥にある階段から、六十代くらいの女性が降りてきた。

「どうも、七里《ななさと》先生。先日はごちそうさまでした。お元気そうですね」

私は会釈《えしゃく》してキッチンに入り、先生に手を貸そうとする。

「大丈夫よ。最近は体調もいいし、少しは体を動かさないとね。そちらは？」

先生はキッチン隅のスツールに腰かけ、月島さんに目を向けた。

「私が連れてきたゲストの、月島睦月さんです。西頼の一年生ですけど、教え子じゃなくて軽音部の部員です」

紹介すると、月島さんは丁寧に頭を下げた。

私にだけ聞こえる声で、「元部員です」とつけ足して。

「こんにちは、睦月ちゃん。先生はね――あら、ごめんなさい」

七里先生がくすくす笑う。

「先生は小学校の教師をしていたから、いまでも自分を先生と呼んじゃうの」

「いいと思います。先生は先生らしくあるべきです」

しれっと私にあてつけて、月島さんは笑顔を作った。

「先生は、なのかちゃんが泣き虫だった頃の担任でね。いまは教師を引退して、ここでお店をやってるの。だから先生というより、オーナーなんだけどね」

月島さんがいぶかしそうにこちらを見る。

「なにその目。私だって、か弱い女の子だった時期はあるよ」

「わたしはなにも言ってません。でも先生は、ふてぶてしい自覚があるんですね」

こしゃくなと眉が動いたけれど、いまはそれよりも気になることがある。

「七里先生。今日って、コタローさんはいないんですか」

さっきから店内を探しているけれど、肝心の料理人の姿が見当たらない。

「いまは裏の畑に行ってるの。そろそろ戻ってくるんじゃないかしら」

まさにそのタイミングで、店のドアががちゃりと開く。

「あ、日南先生。いらっしゃいませ」

入ってきたのは、白いシャツに茶色のカフェエプロンを巻いた青年だった。

両手には、トマトやきゅうりがたくさん入ったかごを抱えている。

「あの人がコタローさん……思ったよりも若い……」

よほど意外だったのか、月島さんは心の声を口に出した。

「すみません。僕はシェフではなくて、バイト……というかただの大学生です。一ノ関《いちのせき》と言います。コタローさんはこっち」

野菜のかごを抱えたまま、一ノ関くんが指先だけを真下に向ける。

そこにぽけっとした顔で、レッサーパンダがたたずんでいた。

二本足で立つ明るい毛色の動物は、つぶらな瞳で私たちを見上げている。

「こんにちは、コタローさん。またおいしい料理を食べにきました」

私が声をかけると、コタローさんは「きゅう」と鳴いて挨拶してくれた。

「じゃあ支度しますね」

一ノ関くんがキッチンに入り、コタローさんもとてとてついていく。

いつ見ても、幼児向けのアニメみたいな光景だ。

さて月島さんはどんな様子かと見てみると、口を大きく開けて絶句していた。

本当に、なんでも顔に出る子だと笑う。

「さすがの月島さんもびっくりした？　とりあえず、座ろうか」

私はカウンターの席につき、隣の椅子を引いてあげた。

月島さんは啞然《あぜん》とした表情のまま、腰が抜けたみたいにすとんと座る。

「コタローさん。今日の野菜もいいですね」

キッチンに目をやると、一ノ関くんがシンクでじゃがいもを洗っていた。

隣には、白いエプロンとコック帽を身につけたコタローさんがいる。

ナイロンの手袋をはめた手で、レタスを洗いながらうんうんうなずいている。

「ああしてると、アライグマみたいでしょ。でもコタローさんは人間だから。正確に言うなら、自分を人間だと思っている小熊猫。つまり、レッサーパンダ」

月島さんはロボットみたいに、口を開けたまま私を見た。

「でも料理の腕は期待していいよ。ですよね、コタローさん」

コタローさんがにんじんの皮をむきながら、うんうんとうなずく。

「なに、どうしたの月島さん」

口をぱくぱくさせつつ、月島さんがシェフを指さして私を見た。

声なき声を通訳するなら、「な、なんでレッサーパンダが料理できるんですか。というか、人間の言葉がわかるんですか」といったところだろう。

私も初めて見たときは仰天《ぎょうてん》したので、月島さんの気持ちはよくわかる。

「日南先生。ご注文はどうしますか」

一ノ関くんがカウンターに水のコップを置いた。

キッチンを見ると、コタローさんはピンと耳を立てて注文を待っている。

「それじゃ……あ、月島さん。苦手な食材とかある？　アレルギーとかは？」

月島さんは固まった表情のまま、ふるふると首を振った。

「じゃあ、コタローさん。いつもみたいな感じでお願いします。この子、自分が大好きだった音楽を嫌いになろうとしてるんですよ。たぶん誰かと仲違《なかたが》いして、その誰かが好きな音楽だったからって理由で」

「えっ」

ここでようやく、月島さんが声を出した。

「そんなに驚くこと？　私にだって女子高生の時代はあるし、きみたちと同じようなことで悩んだり泣いたりしてたよ。ＣＤを捨てた経験もあるしね」

冗談めかしたつもりだけれど、月島さんは顔をこわばらせる。

「あ、別に話さなくていいからね。今日はオフだよ。私たちはあくまでおいしいものを食べにきただけ。コタローさんの料理は、ほんと絶品だから」

キッチンのシェフを見ると、真剣な顔つきでじゃがいもをすりつぶしていた。

レッサーパンダは目の上に、丸く白い毛が生えている。

それが人間の眉のように動くので、きちんと表情が感じ取れるのだ。

「あの……なのか……ちゃん」

月島さんがおずおずと、言いにくそうに口を開いた。

「お、急に先生呼びやめたね。少しは素直になった？　ん？」

「違います。ここには七里先生もいらっしゃるから、混乱を防ぐためです」

「だったら一ノ関くんみたいに、『日南先生』って呼ぶ方法もあるけど」

「せん……なのかちゃんが呼べって言ったんじゃないですか！」

まだ無理をしている感じがかわいいので、意地悪はこの辺でやめておこう。

「はいはい。で、なにか質問？」

「その……レッサーパンダが二本足で歩いたり、料理をするのって常識なんですか。わたしが知らなかっただけですか」

思わずふきだすと、月島さんがむっとしつつ顔を赤らめた。

「ごめんごめん。月島さんは、やっぱり真面目な子だね」

信じられないものを目にしたけれど、周りの大人たちは落ち着いている。

だからおかしいのは、不思議がっている自分のほうだ。

おそらく月島さんは、そんな風に考えたのだろう。

強がりで、純粋で、でも自分に自信を持っていない。

こう言うと年寄りっぽいけれど、月島さんは若い頃の私みたいだ。

「安心してください。コタローさんが特別なだけなので。そもそも日本のレッサーパンダは、動物園にしかいませんから」

カウンターの向こうから、一ノ関くんが木製のボウルを持ってきた。

「こちら、ポテトサラダです。野菜のディップにして召し上がってください」

ボウルにはレタスが敷かれていて、上にちょこんと白い塊が載っている。

脇には色鮮やかなトマトやアスパラが添えられ、なんとも食欲をそそられた。

おなかも十分空いていたので、私はさっそくサラダを口にする。

「うわ、すっごいクリーミー」

普通のポテトサラダには、じゃがいものごろっと感があると思う。

でもコタローさんのものは、溶けたアイスクリームの食感に近い。

それでいて口の中には、しっかりとじゃがいもの風味がある。

新食感というか、まったく別の料理みたいだ。

「うん、おいしい！　ポテサラって胸焼けしがちですけど、これはじゃがいものドレッシングみたいで野菜にあいますね」

月島さんも幸せそうな顔で、ぱくぱくとサラダを食べている。

さっきまではコタローさんのことを気にしていたようだけれど、おいしいものを前にして忘れてしまったようだ。

「なのかちゃん、これ本当においしいです。なんでこんなにおいしいのかな」

「きゅう」

月島さんの疑問に答えるように、キッチンのコタローさんが手を止めた。

両手でなにかを持った仕草で、くるくると円を描く。

「『マヨネーズが自家製だから』、だそうですよ」

一ノ関くんはコタローさんとつきあいが長く、考えていることがわかるらしい。

「たしかに猫っぽいような、そうでもないような……」

なにかぶつぶつ言いながら、月島さんが首をかしげている。

「猫？　コタローさんの鳴き声の話？」

「な、なんでもないです。コタローさん、このポテサラ本当においしかったです。いままで食べた中で一番です」

月島さんの絶賛に、コタローさんの表情がぱあっと輝いた。

「最初はなのかちゃんにだまされてるのかと思ったけど、コタローさんが一生懸命だから食べてみたくなって、おいしくて、かわいくて……」

瞳をうるうるさせながら、月島さんはコタローさんを見ている。

「月島さんは素直ないい子だね。私はコタローさんの存在を受け入れるのに、もっと時間がかかったよ。通訳する一ノ関くんにいちゃもんをつけたり、中には人が入ってるんじゃないかって、コタローさんの背中にファスナー探したりね」

悲しいけれど大人である以上、なんでもかんでも信じるわけにはいかない。

でもそんな私も、結局は目の前にいるコタローさんを受け入れた。

かわいかったのももちろんあるけれど、レッサーパンダの料理人が仕事に対して真摯《しんし》だったからだ。

「わたし、素直じゃないです。だって……」

それ以上は言葉を続けず、月島さんはうつむいた。

私は「もう一押し」と、こっそりほくそ笑む。

コタローさんの料理を食べると、人は誰かに胸の内を話したくなる。

おいしい料理で心は浮き立つ気持ちなのに、迷いや悩みが鎖のごとくに現実へとつなぎ留めるからだ。

先月の私もそうで、三品目でようやく自分を呪縛《じゅばく》から解き放っている。

だから今日、私は月島さんを小熊猫軒に連れてきた。

私のように素直になれなかったせいで、限りある時間を無駄にしてほしくない。

「やっぱりかわいい……」

月島さんは乙女《おとめ》の顔で、揚《あ》げ物をするコタローさんを見つめている。

私は勝利を確信しつつ、メインディッシュの到着を待った。

「お待たせしました、エビフライです。米粉《こめこ》のパンと召し上がってください」

一ノ関くんが並べたお皿に、小ぶりなエビフライが三本載っている。

つけあわせには千切りキャベツが添えられていて、別皿には普通のソースとタルタルソース、それからレモンが用意されていた。

こんがり揚がったエビフライは、衣から湯気を立たせている。

その見た目と香ばしい匂いから、これは間違いなくあの音がすると期待した。

「我慢できないので、いただきます！」

一本目に普通のソースをつけ、思い切って半分ほどかじる。

「ああ……『しゃおっ』……おいしさの音が弾けるえんびフライ……」

私にとってエビフライと言えば、この音がすべてだ。

「三浦哲郎《みうらてつお》の『盆土産《ぼんみやげ》』ね。なのかちゃんも、子どもの頃に教科書で読んだくち？」

私は七里先生に、「ですです」と満面の笑みでうなずく。

「あの小説を読んで国語が好きになったおかげで、いまごはんが食べられています」

なぜか意外に思われるけれど、私は現国の教師だ。

「僕も中学で習いましたね。『しゃおっ』は一生忘れません」

「わたしも読みました。あの作品が生まれて初めての飯テロです」

一ノ関くんと月島さんも、それぞれ思い入れがあるらしい。

軽音部の部長と話したときには世代差を感じたので、若い子と感動を共有できたことがちょっとうれしい。

「コタローさん、このエビフライめちゃめちゃおいしいです。衣はさっくさくで、エビはぷりっぷり。あの小説みたいに、しっぽまで食べたくなりました」

月島さんがきらきらした目で、コタローさんに感動を伝えた。

とびきりおいしいものを食べ、それを作った相手が目の前にいる。

相手がレッサーパンダであることなど、純粋な気持ちの前では関係ない。

「きゅう」

コタローさんがうんうんうなずき、月島さんに両手でパンを示した。

「米粉のパンに、エビフライをはさんでみろってことですか」

「いいかも。私もやってみよ」

月島さんとふたりして、バーガーを作ってかぶりつく。

「なのかちゃん。このパン、ふわふわのもっちもちですよ」

「うん。単体でもおいしいけど、タルタルソースの正解感がすごい」

「エビと衣とパン、食感が全部違います。なんだか無限に食べられそう」

などと食レポしあっていると、キッチンの奥で七里先生が言った。

「先生は、ソースをつけずにレモンだけで食べるのが好きだけどね」

食通っぽいなと思ったけれど、聞いたからにはやってみたい。

そして試して、私は愚痴る。

「……七里先生。どうして最初に教えてくれなかったんですか」

レモンだけで食べると、かじった瞬間にあの音が口の中できれいに反響した。

クエン酸の効果か、油っぽさが薄れて衣についていた塩気も感じやすい。

こんなおいしい食べかたがあるなんて、知らずに損をした気分だ。

「だってなのかちゃんは、人に頼るのが嫌いでしょう。新聞を作る授業で男の子が手伝ってくれなかったときも、放課後にひとりで泣きながら書いてね」

「ちょっ、パンダ先生！」

まるで昨日のことのように笑うので、思わず昔のあだ名で呼んでしまった。

「パンダ先生？」

「先生の旧姓は飯田《はんだ》なの。なのかちゃんを教えてた頃は、まだ独身だったからね」

月島さんに答えながら、七里先生がまた笑う。

「新聞作りなんて、小学生のときの話じゃないですか。私もう二十四ですよ」

「人間はそんなに変わらないわよ。いまだって生徒の前では凛《りん》としていても、ひとりのときはめそめそしてるんじゃない？」

「そ、そんなことは……」

それは真実だったので、私はおおいに動揺《どうよう》した。

うちの学校は、この時代でも昭和の価値観が色濃く残っている。

女性がお茶くみをする空気があり、職員会議の資料作りもいつも若手だけ。

それでいて授業も部活もあるのだから、どう考えてもキャパオーバーだ。

学校で愚痴は言わないけれど、家で飲んでいて涙腺がゆるむことはある。

「なのかちゃんも、そうなんだ……」

ふと気づくと、月島さんが思いつめた顔をしていた。

「月島さん。七里先生の話は忘れて」

「無理です」

「こんなにおいしいお店に連れてきてあげたのに！」

「ええ。なのでわたしの話もします。それならおあいこですよね？」

私の想定とは違った形で、月島さんはＣＤを捨てた理由を話し始めた。

3

月島さんは、スリーピースのバンドでギターを担当していた。

まだ初心者だから音を出すだけで楽しいらしく、私が戸締まりに向かうといつも最後までギターを弾いていたのを覚えている。

「もともと、楽器に興味はなかったんです。でも中学からの親友に『バーたか』を聴かされて、それからどっぷりハマりました」

そのサウンドは、同調して泣いてしまいそうなほどに情緒的《じょうちょてき》。

ボーカルが書く詞の世界観も独特で、月島さんはすっかり魅了されたという。

「そのうちバンドをやりたくなって、親友とふたりで軽音部に入りました」

親友はベースを選んだので、月島さんはドラムと迷ってギターを手に取る。

最初の数週間は、ふたりだけの活動が続いた。

好きな音楽が特殊というか、万人受けしないジャンルの場合はよくある。

しばらくすると見かねた一学年上の男子が、ほかのバンドと兼任でドラムをたたいてくれることになった。

「バンド練習は、ものすごく楽しかったです。ものすごく」

大好きなバンドの曲を親友とプレイするのだから、楽しくないわけがない。

しかし言葉とは裏腹に、月島さんは苦い表情で過去を振り返る。

「おかしくなり始めたのは、八月に入ってからでした」

夏休み中の部活動は、時間を区切って一日に数バンドが練習する。

ドラムの男子が兼任なので、月島さんたちは彼がメインで参加しているバンドのあとに練習をすることが多かった。

「その日、わたしは時間ちょうどに部室に行きました。そしたらドラムの先輩だけじゃなくて、親友の子もすでにいたんです。先輩の練習を見学してたって聞いて、熱心だなと思いました。でも、練習が終わってから彼女に相談されたんです」

親友は、先輩のドラム男子に恋してしまったらしい。

月島さんは応援すると言ったものの、内心は複雑だった。

「うまくいけばいいけど、そうでなかったときのことを考えると」

親友がバンドを続けていくのは難しいだろう。

「それ以来、好きだった練習が疲れるようになったんです。緊張するっていうか、空気がおかしいっていうか。それだけならまだよかったんですけど、先輩が……」

月島さんが躊躇《ちゅうちょ》しているので、私は続きを言ってあげた。

「告白してきたんでしょ。月島さんに」

「なんで、わかったんですか」

「男女混合バンドあるあるだから。でもこれ、誰にも言えないんだよね。自分がモテてるって自慢するみたいで。ぜっんぜん、そんなんじゃないのにね」

私の代弁が正解だったらしく、月島さんは瞳をうるませた。

「……はい。すごく悩みました。告白を断ったらバンドが続けられなくなる。でも先輩とおつきあいなんてできない。一番相談したい親友には、絶対言えません」

コタローさんを含めて、その場の全員がうんうんうなずいた。

人の話として聞いた場合は、単なる青春の一コマとしか思えない。

けれど月島さん本人は、相当に苦しんだはずだ。

自分はバンドをしたいだけなのに、音楽と関係ないことでわずらわされる。

でも親友を見ていると、好きになったほうのつらさもわかる。

きっとうらむ相手も愚痴る相手も、神さまくらいしかいなかっただろう。

「でも、やっぱりきちんと断らなきゃって思ったんです。だから先輩には、おつきあいできませんとはっきり伝えました」

「がんばったね。偉かったね」

月島さんの肩に手を添え、ぽんぽんとたたいた。

この子は親友との関係を守るため、大好きなバンドを犠牲にしたのだ。

「そういうの、いいんで。優しくしてほしいわけじゃ、ないんで」

私の手を払いのけた横顔は、むすっとふくれて少し赤い。

「優しくしたんじゃなくて讃《たた》えたんだよ。照れちゃってまあ」

「照れてません！　あ……」

カウンターの向こうで、コタローさんが目一杯に背伸びしている。

スツールかなにかを足場にしているらしく、体がふるふる震えていた。

やがて月島さんの頭の上に、小さな手がぽふっと乗っかる。

「いいなあ。私もコタローさんになぐさめられたい。月島さん、感想は？」

「……ふわふわで気持ちいいです……ありがとうございます……」

コタローさんはうんうんうなずき、月島さんをぽふぽふしている。

たぶんコタローさんは、話の内容までは理解していない。

月島さんの悲しそうな顔を見て、肩をたたいた私のまねをしたのだろう。

それでも十分すごいというか、コタローさんにしかできないことだと思う。

「で、告白を断ったそのあとは？」

「先輩は、『そっか』ってけろっとしてました。笑顔でバンドも続けるよって言ってくれたんです。優しいんです、先輩」

まあ本当に優しかったら、同じバンドにいる間は告白しないだろう。

しかし十代の少年に、そこまで求めるのは酷《こく》というものだ。

「だからしばらくは、いつも通りに練習ができました。でも、いつも通りと思ってたのはわたしだけだったんです」

あるとき、親友から言われたそうだ。

先輩がつらそうだから、バンドを抜けてくれと。

「なんでわたしがって、めちゃめちゃにケンカしました。悔しくて悔しくて、泣きながら彼女をなじりました。わたしは親友と一緒にバンドをやりたかった。彼女もそうだと思ってた。そう伝えたら、ひとこと『キモい』って返されました」

ひどいなと思う一方、親友の子にも同情する。

好きな人の気持ちがこちらに向かないだけならまだしも、彼女は自分が月島さんに負けたという劣等感を抱いたはずだ。

そんな相手と平気な顔でつきあえるほど、十代の女の子は打算的じゃない。

彼女は彼女で、月島さんと同じ苦悩の末に結論を出している。

「だから、あのCDを捨てたんです。ジャケットを見ていると、どうしても彼女を思いだしてしまうから」

「そっか。お疲れ」

私はもう一度、月島さんの肩をぽんとたたいた。

コタローさんもまた、小さな手を懸命に伸ばした。

七里先生と一ノ関くんは、口元を押さえて笑っていた。

「なんで、おふたりは笑ってるんですか」

目ざとく見つけた月島さんが、遠慮がちにむっとする。

「すみません。僕たちは月島さんを笑ったんじゃないんです。ちょうど先月、日南先生からよく似た話を聞いたもので」

一ノ関くんが「ですよね？」と、同意を求めてきた。

私は特大のため息をつき、ちらとコタローさんを見る。

次の料理の準備を始めたようで、シェフはぱたぱた忙しそうだ。

「しかたない。デザートをおいしく食べるために、ケリをつけようか」

私はバッグからCDを取りだし、ジャケットが見えるようカウンターに置いた。

「なのかちゃん、わたしの話を聞いてましたか」

月島さんがCDから視線をそらす。

「聞くっていうか効いてたよ。そりゃもう痛いほど。だから言うけど、このCDは絶対に捨てちゃだめ。曲が好きなんでしょ？」

「……好きですよ。嫌いになんてなりたくなかった。でも『バーたか』は、彼女が教えてくれたバンドだから。放課後の教室で、いつも一緒に聴いてたから……」

言葉の途中で、月島さんは唇を噛んだ。

「きっかけはどうあれ、好きになったのは自分自身でしょ。それとも月島さん。この先も誰かとケンカするたび、好きなものを捨てる気？」

そう言うと、なぜかコタローさんがぴんと耳を立たせた。

引っかかる言葉でもあったのかと思っていると、月島さんが反論してくる。

「先生の魂胆はわかりますよ。わたしは親友と同じで、音楽を裏切っている。でもCDを持っていれば、いつか彼女と仲直りできる。そんな風に諭《さと》すつもりでしょう」

月島さんが精一杯にらんできたので、私はふんと鼻で笑った。

「今日は教師じゃないって言ったでしょ。そんな甘っちょろいこと言うわけない」

「じゃあ、どういう意味ですか」

「月島さんは、親友がいつか後悔するって思ってる？　悪いけどしないよ。彼女は覚悟を決めてあなたと決別した。どんなに固い絆で結ばれていても、失うときはあっさり失うのが友情。別に私がドライなわけじゃなくて、人間関係ってそういうもの。人はみんなそうやって、関係を壊したり作ったりしながら生きていくんだよ」

私が嫌いになった叔父さんも、最初は尊敬する大人だった。

「彼女は……中学からの親友でした！」

月島さんが涙目で訴えてくる。

「だから簡単に壊れる絆じゃないって？　でも実際に壊れたでしょ。若い頃の親友っていうのは、単に気のあう人と早く出会えただけ。そうでなければ、若さゆえにお互いの存在が人格形成に影響したんだよ」

「人格形成って……急に教育者っぽいこと言いますね」

私は教師らしくないけれど、自分が教育者であることまでは否定しない。

私が毛嫌いしているのは、生徒が過度に教師を崇《あが》めることだ。

「人は人から影響を受ける。望むと望まざるとにかかわらずね。私は叔父の影響で古い音楽に親《した》しんだけれど、それはあくまできっかけにすぎない。音楽を好きになったのは私自身で、そのことに叔父は関係ない」

叔父は近所に住んでいて、私立高校で化学教師をしていた。

若くして結婚したが離婚も早く、男手ひとつで息子を育てていた。

なので私が小学生の頃は、母と一緒に六歳下のいとこである〝やっちゃん〟の面倒をよく見ていた。

やっちゃんの保育園が終わったら母と迎えに行き、自宅に帰って一緒に遊ぶ。

夜に仕事を終えた叔父が、ぼろくて小さい外国車でやっちゃんを迎えにくる。

私は弟が欲しかったし、六歳も離れているとケンカにもならない。

やっちゃんもよくなついてくれたので、私はめっぽうかわいがった。

日曜になると、日頃のお礼か罪滅《つみほろ》ぼしか、叔父がやっちゃんと一緒に私も遊園地に連れていってくれた。

叔父は優しくて、物知りで、私は彼のことも大好きだった。

だからカーステレオから流れる古いロックも愛したし、教師という仕事にも憧れるようになった。

「ここへくる途中、月島さんには安定志向で教師になったって言ったけどね。あれは照れ隠しだよ。本当は、人の影響が大きかった。七里先生はもちろん、軽音部の顧問を無理やり頼んだ先生とか、叔父さんとかね」

自分も叔父のように優しい教師になりたいと、小学生の私は思ったのだ。

「なのかちゃんは、いい先生に恵まれたんですね」

「当時はそう思ってたよ。先生って、いい人ばかりだってね。でもそれは、私が勝手に幻想を抱いていただけ。本当の叔父はクズだった」

私が高校生になった頃、叔父は懲戒処分《ちょうかいしょぶん》で解雇《かいこ》された。

生徒の親から金銭を受け取り、成績を改ざんしていたからだ。

「最低……ですね」

潔癖《けっぺき》気味の月島さんなら、当然の反応だと思う。

当時ののんきな高校生だった私ですら、叔父を嫌悪《けんお》せずにはいられなかった。

「叔父は教師だったけど、聖職者じゃなかった。それだけの話だよ」

それでも私は、裏切られたと感じた。

大好きだった叔父に。

尊敬する教師に。

世界のすべてが虚構《きょこう》のように感じられ、私は衝動を抑えられなかった。

「私もね、月島さんと同じで叔父のCDを捨てたんだよ。捨てたっていうか、欲しがる友だちにあげちゃったんだけどね。ただ当時参加していたバンドはバラード系だったから、部活までは辞めなかった。でもそのおかげで、私は気づけたんだよ」

毎日マイクに向かっていると、嫌でも受け入れざるを得ない。

どう足掻《あが》いても、私のルーツは叔父の車で聴いたパンクロックだと。

「しっとり歌うべき曲で、ちょいちょいシャウトしちゃうんだよね。私がそんな感じだから、メンバーの演奏もどんどんアグレッシブになっちゃって。結局あげたCDは全部返してもらって、文化祭の演奏ではモッシュにダイブしたよ」

いまもジャケットを見ながら名盤を聴くと、あの頃の記憶がよみがえってくる。

カーステレオから流れてくる音楽に、幼い私は夢中になった。

曲の解説をしてくれた叔父も含めて、すべてあの頃の私が好きだったものだ。

「だからいまはつらくても、CDはどこかにしまっておきなさい。この手のバンドの音源は貴重なんだからね。私が言いたかったのはそれだけ」

曲のデータがあればいいというものではない。

ジャケットを目にしてCDを手にすると、記憶はより鮮明によみがえる。

「なのかちゃんは、やっぱり先生ですね」

さっきまで思いつめていたのに、いまの月島さんは笑顔だ。

「だーかーらー、今日は教師じゃないって言ってるでしょ。教師なんて偉くもなんともないんだからね。立派な大人だなんて思わないように」

「そういうところが先生で、教師なんですよ」

月島さんの言葉に、コタローさんを含む全員がうんうんうなずいた。

「わたしのルーツ。拾ってくれてありがとうございます」

CDを愛おしそうに手に取って、月島さんがリュックにしまう。

これでひとまず、私の目的は達せられた。

あとは月島さんの人間関係なので、退部を思いとどまれとは言わない。

ただ音楽を愛するものとして、どこかでバンドを続けてほしいとは思う。

「キリがよさそうなので、デザートをお持ちしますね」

一ノ関くんがトレーを持ってキッチンから出てきた。

「ロックの王国、イギリスで親しまれているレモンパイです。レモンクリームのさわやかな酸味と、ふわふわした食感のメレンゲ。そのユニークさから、『これは夢の世界のお菓子だ』と表現したアーティストもいるようですよ」

パイの表面には、雲のようにもこもこのメレンゲが盛られている。

切り分けられた断面には、たっぷりと厚みのあるレモンクリームの層が見えた。

「わたし、レモンパイって食べるの初めてです」

しかし臆《おく》さず、月島さんはフォークを動かす。

私もあまり記憶がないなと思いつつ、ひとくちぱくりと食べてみた。

「……っ！　……ん？　……うん、おいしい！」

口にした瞬間、図らずも混乱してしまった。

たっぷり盛られたメレンゲは、一見すると生クリームのように見えてしまう。

だから舌先は、その質感と甘さを期待する。

なのに最初に感じたのは、口の中でふわりと溶けるメレンゲの軽さだ。

次いで柑橘《かんきつ》特有のさわやかな香りが鼻を抜けていき、最後にレモンクリームの甘酸っぱさがやってくる。

「想像していた味とぜんぜん違うけれど、ものすごくおいしいです。人間って、感情だけでなく感覚も情報に影響されるんですね……」

月島さんがよくわからないことを言い、しみじみと感動している。

たぶんこのレモンパイから、人の本質のようなものを感じ取ったのだろう。

初めてコタローさんに会ったとき、私はそれこそ夢を見ているのだと思った。だってレッサーパンダが料理をするだけでもありえないのに、小さな手が作る数々のメニューがどれもすごくおいしい。

あまりに信じられないことばかりなので、私は考えるのをやめて受け入れた。そうすることがもっとも合理的と、脳より体が判断したのだろう。

月島さんが悲しい顔になったとき、コタローさんが一生懸命に手を伸ばしたのもたぶん同じだ。

きっと生きとし生けるものは、本来みんな感覚で通じあえるのだと思う。けれどちっぽけな常識のせいで、私たちは純粋さを失ってしまうのだ。

「きゅう」

コタローさんが胸を張りつつ、両手を七里先生に向けた。

「『レモンパイがおいしいのは、オーナーのレシピのおかげ』、だそうですよ」

一ノ関くんの通訳に、コタローさんが目を閉じて静かにうなずく。

「そのうなずきかたも、かわいい……」

私も月島さんも、フォークをくわえたままにんまりした。

この店で誰もが素直になれるのは、シェフのルックスによるところも大きい。

4

ひと通り食事を終えると、コタローさんがコーヒーを入れてくれた。

「おいしいです。コーヒーだけでも看板メニューになりそう」

「コタローさんは、豆の焙煎《ばいせん》もしてるんですよ」

一ノ関くんの言葉に、コタローさんがえへんというように胸をそらした。

早い時間に来店すると、シェフが卵焼き用のフライパンで一生懸命に豆を煎《い》る姿を見学できるらしい。

「ちょっと見たいかも。今度は早めにこようかな」

「お待ちしてます。ところで日南先生、本八幡《もとやわた》の話はしないんですか」

優雅にコーヒーを飲んでいた私は、あやうくふきだすところだった。

「なのかちゃん、大丈夫？」

涙目でむせていると、月島さんが背中をさすってくれる。

「あ、ありがとう。もう平気」

「よかった。じゃあ本八幡さんって誰ですか？　まさか彼氏ですか？」

落ち着きかけに追い打ちをくらい、私は再び咳きこんだ。

「ええとですね。本八幡は――」

一ノ関くんが、いらないお節介を焼こうとする。

するとそれを阻止するように、店のドアが開く気配がした。

新しいお客さんかと振り返るも、そこには誰の姿もない。

「変だな。ちゃんと閉めてなくって、風で開いたのかな」

外を見てから首をかしげつつ、一ノ関くんはドアを閉めた。

「あれ？　コタローさん、なんでバンザイしてるんですか。かわいい」

なぜか両手をかかげていたコタローさんを見て、月島さんがあははと笑う。

初めて小熊猫軒を訪れたとき、私もコタローさんにこのポーズをされた。

初見でコタローさんがレッサーパンダだとは思わず、「なんでタヌキが」と口走ってしまったためだ。

コタローさんはタヌキと仲が悪いらしく、間違われるととても怒る。

このバンザイはかわいいけれど、実は相手に対する威嚇のポーズだと教わった。

でもなんで、誰も怒らせてないのにコタローさんはバンザイしたのだろう。

ドアから虫でも入ってきたのか、あるいは別のなにかか。

「で、一ノ関さん。本八幡さんは、なのかちゃんの彼氏なんですか？」

月島さんも女子高生だから、自分以外の恋バナには興味津々《きょうみしんしん》らしい。

「本八幡八尋《やひろ》は西頼の三年生で、僕も所属してた写真部の後輩だよ。彼が先月、日南先生をここへ連れてきてくれたんだ」

「八尋……もしかして、なのかちゃんの話に出てきた『やっちゃん』ですか？」

自分のこと以外だと、女の子はどうしてこんなに鋭いのか。

「月島さん。言っておくけど、この話つまんないくせに長いからね」

「じゃ、紅茶のおかわりをお願いします」

月島さんがコタローさんと顔を見あわせ、同時にうんうんうなずいた。

私はため息をつき、渋々に語り始める。

叔父のことがあって、私の家と本八幡家は疎遠《そえん》になった。

まあぼちぼち近所に住んでいるから、偶然ばったり会うことはある。

でも高校生の私は、小学生のやっちゃんを無視した。

「坊主憎けりゃ袈裟《けさ》まで、ね」

七里先生の言う通り、私は叔父を想起《そうき》させる彼を見たくなかった。

ＣＤは思い直すことができたけれど、やっちゃんはあまりに叔父に似ている。

「その後に私は大学を出て、やっちゃんは高校生になっていた。不運にも、私たちは西頼の校舎で再会した。いや厳密には会ってないけどね。私はやっちゃんの教室に近づかなかったし、廊下で目があったときは彼のほうがそらしたから」

やっちゃんは優しい子だったから、私に気を使ってくれたのだと思う。

幼い頃も自分のほうが食べ盛りなのに、私におやつを分けてくれる子だった。

「最低だよね。二十代の私が、十代の彼に気まずい思いをさせてるなんて。でもしょうがないんだよ。叔父の事件とやっちゃんはなんの関係もないってわかってても、体が彼を拒《こば》むんだから」

そんな風に、お互いがお互いを避けながら一年がすぎた。

「で、今年の夏休み。つまり先月。私は職員室で仕事をしてた。そしたらいきなりやっちゃんがきた。一大決心をした顔でね。『なのかちゃん！　まずこの問題にケリをつけよう！』って、大声で叫んでくれた」

私は先生がたに平謝りして、やっちゃんを急いで連れだした。

「あとはだいたい想像がつくでしょ。私は小熊猫軒へ連れてこられて、まんまと素直な気持ちでやっちゃんと語りあったわけ」

それは、お互いにわかりきっていたことだった。

なのに胸の中から出してみると、急にバカバカしいことに感じられた。

「わたしと同じで、なのかちゃんも意地を張ってたってことですね」

「そうだよ。私は自分が勝手に叔父を信じたくせに、裏切られたってぐずぐず根に持ってただけ。ここへくる途中、月島さんに言ったでしょ。『教師はみんな俗物』って。つまりは叔父と私のことだよ」

先生という存在は、七里先生のようにいつも先生らしくあるべきだ。道を外れた叔父や大人になりきれない私は、先生と呼ばれる資格がない。

「あの、ちょっといいですか」

黙って聞いていた一ノ関くんが口を開いた。

「本八幡はちょっと変わっていて、写真部には珍しく入部前から撮りたいものが決まっていたんです。彼も引退の時期なので、卒業前になんとか日南先生とのわだかまりを解消したかったんだと思います」

「それって、本八幡さんはなのかちゃんを撮りたかったってことですか？　だから職員室で、『まずこの問題にケリをつけよう』って言ったんですか？」

一ノ関くんがうなずくと、月島さんがきゃあと口を押さえる。

そして私はこめかみを押さえた。

自分にも経験があるからわかるけれど、幼い頃は年上の異性に憧れがちだ。

「なのかちゃんの問題も、わたしの問題と似てきましたね」

「似てないし、そもそも問題でもなんでもないから」

やっちゃんのそれは恋愛感情などではなく、単に視野がせまいだけだ。

「わたし、なのかちゃんのことがちょっと好きになりました。というわけで、卒業までよろしくお願いします」

月島さんが笑顔になり、ぺこりと殊勝《しゅしょう》に頭を下げた。

「……ん？　卒業までって、じゃあ部活は辞めないってこと？」

「なのかちゃんが言ったんですよ。人と人との関係は壊れて当たり前って。今日はその逆で、新しく友だちができた日です。先生なのに先生らしくない先生と、レッサーパンダの料理人です。ね、コタローさん？」

月島さんは、シェフがうなずいてくれることを期待したのだろう。

けれどコタローさんは、短い腕を組んでなにか考えているようだった。

「どうしたの、コタロー。珍しくぼーっとしちゃって」

七里先生が声をかけると、コタローさんはうんうんうなずいた。

「『なんでもない。新メニューを考えてた』、かな」

一ノ関くんの通訳にみんなで笑い、私たちは会計を済ませた。

ヒグラシが鳴き始めた高尾山のふもとを、月島さんと並んで歩く。

「なのかちゃん、今日はありがとうございました。本当においしかったです」

「ああ、うん」

月島さんの言葉に相づちを打ちつつ、私はコタローさんのことを考えていた。

私たちの悩みや迷いは、小熊猫軒にくると軽くなる。

直接アドバイスをくれるわけじゃないけれど、コタローさんがおいしい食事やそのたたずまいで、私たちの心を解きほぐしてくれるからだ。

そんなコタローさんが、今日はときどき考えこむ素振りをしていた。

「もしもなにかに悩んでいるなら、力になってあげたいけど……」

「ひょっとして、コタローさんのことですか？」

考えが声に出ていたらしく、月島さんがずばりと聞いてくる。

「……うん。本当にメニューを考えていただけなら、いいんだけど」

「なのかちゃんは、口とは裏腹に世話焼きですよね。でも安心していいですよ。だってコタローさんの周りには、相談できる相手がたくさんいますし」

七里先生は雇い主だし、一ノ関くんはコタローさんの仕草を言語化できる。

そういう意味では安心だけれど、逆の場合もありえるはずだ。

「月島さんは先輩に告白されたとき、一番相談したい親友に言えなかったでしょ」

「当たり前ですよ。親友が先輩を好きなこと知ってましたし」

「コタローさんも、似た状況になることはあるでしょ」

つまりコタローさんの悩みが、七里先生や一ノ関くんには話しにくい場合だ。

「それは……ありえなくはないと思いますけど」

「うん。だから月島さんもコタローさんの悩みに気づいたら、必ず私に教えてね。私がコタローさんに恩返しできるとしたら、たぶんそれくらいだから」

そう言うと、月島さんがぎゅっと腕にしがみついてきた。

「やばいよ、なのかちゃん。このままだと、わたしも教師を目指しちゃう」

駅までの道すがら、私は教師を目指すべきでない百の理由を語った。

火釜灰夜は
ロコモコ丼でもごもご自供する

Koguma
nekoken

1

小説に出てくる高校生は、ちょっと大人すぎると思う。
『彼女の双眸《そうぼう》は憐憫《れんびん》を湛《たた》え、雛芥子《ひなげし》の花を見つめていた』
わたしは「双眸」も「憐憫」も使ったことがないし、意味もいまいちわからない。
花の名前なんて、チューリップとひまわりくらいしか知らない。
別にわたしが幼いわけではなく、クラスのみんなもそんなもの。
たぶん小説は、大人が書いているから大人っぽいのだと思う。
だって普通の高校生は、ふいに夜空を見上げたりしない。
学校の床の素材が、〝リノリウム〟という名前だとか知らない。
そもそも十五、六歳の身の回りに、愛とか恋とかそうそうない。
「……そう思ってたのに。ああもう」
さっきから、読書にまったく集中できなかった。
わたしはどこかでバズった〝感動の名作〟を閉じ、ごろりとベッドに寝転がる。
昨日、告白された。

相手はいっこ上の先輩で、同じバンドでドラムをたたいている人。

わたしは親友とバンドをやっていて、先輩はそこにサポートで加わってくれた。

先輩は優しいし、音楽も詳しくて頼りになる。

わたしから見るとものすごく大人で、先輩というより先生の雰囲気。

そんな人に好きだと告げられ、わたしは冗談だと思った。

けれど先輩が本気だとわかると、なんだか恐怖を感じてしまった。

わたしは先輩を、男の人として見たことはない。

バンドを始めたばかりのわたしは、小学生みたいに無邪気だった。

先輩も、子どもをあやすように接してくれていた。

でも、そう思っていたのはわたしだけ。

先輩が心の中ではわたしを恋愛対象として見ていたとわかると、そのギャップに肌がぞわっとなってしまった。

これは先輩の名誉のために言っておくけれど、ドラムをたたいているときの顔はかっこいいし、私服のセンスもおしゃれでモテそうだと思う。

早い話、わたしが子どもすぎるだけ。

その証拠に、同い年の親友はちゃんと恋をしていた。

ただし、相手はその先輩。

まだ告白するつもりはないみたいだけれど、練習が終わってお茶をすると親友は先輩の話ばかりしている。

わたしは「応援するよ」と言いつつも、正直あまり興味がなかった。

大好きな『バーたか』みたいなバンドをやりたくて軽音部に入り、ボーカルのつもりだったけどメンバーが足りなくてギターも始めたら、これがもうめちゃめちゃに楽しくて、すっかりどっぷりハマってしまったから。

だからわたしは音楽の話をしたいのに、親友は先輩に夢中。

なんだかなあと思っていたら、先輩がわたしに告白。

おかげでわたしの優先課題は、どうやって先輩に断るかになった。

「好きとか嫌いとか関係なく、いまは音楽のこと以外、考えられないよ……」

でも上手に断らないと、バンドの存続があやうくなるかもしれない。

かといって親友のことを考えると、返事をはぐらかすこともできない。

「恋愛したっていいけど、なんでわたしを巻きこむかな……」

昨日まで楽しくバンドをしていたのに、いきなり究極の選択を迫られた。

現実逃避で小説を手に取っても、さっきから同じところばかり読んでしまう。

それはたぶん、答えが決まっているのに割り切れないから。

「わたしが断ったら、先輩は百パーバンドを抜けるよ。抜けなくたって、絶対に雰囲気悪くなるよ。こんなの理不尽すぎる」

どうあがいても、バンド活動はしばらくおあずけになりそう。

「人生で初めて告白されたんだから、断るにしてもにやにやしたかったよ……」

わたしはため息をつき、なにもかも面倒になって目を閉じた。

「月島《つきしま》さん、ストラップ短いよ。パンクは限界まで伸ばさないと」

わたしは部長さんに言われるまま、ギターを腰の位置まで下げた。

「弾きにくい……でも、かっこいいかも」

部室の窓ガラスに映った自分の姿は、なかなかさまになっている。

「じゃ、始めようか。月島さん、カーテン閉めて」

自分のバンドでドラムを担当している先輩に告白されて断ったわたしは、なぜか軽音部の部長が率いる三年生バンドでギターを担当することになった。

なんでいきなり、こんなことになっているのか。

順番に振り返るとこんな感じ。

まずわたしは、先輩にごめんなさいを伝えた。
そしたら先輩は、「そっか」って受け入れた。
なのに親友がしゃしゃり出てきて、なぜかわたしがバンドから追いだされた。
隠すことでもないけれど、中学時代のわたしは成績上位だった。
勉強が好きというよりも、ほかにすることがなにもなかったから。
そんなわたしを、親友が音楽に目覚めさせてくれた。
わたしは生まれて初めて、思い切り夢中になれることを見つけた。
その両方をいっぺんに失ったのだから、そりゃあもう荒れた。
わたしは大好きだった『バーたか』のCDを捨て、軽音部を辞めた。
その後はひとりでカラオケに行き、デスボイスでシャウトしまくった。
誰ともシェアせず、四時間かけてハニートーストを食べきった。
そんな自暴自棄だったわたしは、土曜日になるとなぜか登山していた。
別に仲もよくなかったのに、軽音部顧問の先生に誘われたから。
わたしたちは山の中にある、小熊猫軒《こぐまねこけん》というレストランを訪れた。
そこではなぜか、レッサーパンダが料理を作っていた。
食べるとすごくおいしくて、妙に心が素直になった。

なんだか〝なぜか〟ばかりだけど、説明できない不思議なことばかり起こるのだから
しょうがない。

ともかくわたしはあの店で、意地を張っている自分に気がついた。

おかげで音楽を捨てることがバカバカしくなり、顧問のなのかちゃんが拾ってくれて
いた『バーたか』のCDを受け取った。

その後は軽音部の部長さんにお願いして、上級生ばかりの女の子バンドに加えてもら
うことになった。

以上が、ここ数日でわたしに起こったことのまとめ。

いまのわたしは、ギターを弾けるだけで楽しい。

はっきり言って練習にはついていけてないし、先輩たちはけっこう厳しめ。

でもきちんと音楽と向きあっている人たちと一緒にいると、その中にいる自分のこと
もちょっと好きになる。

おかげで小説も、以前と同じく楽しめるようになった。

失ったものは大きいけれど、得たものはもっと大きい。

そうやっていい感じに毎日をすごしていたら、また予想外の問題にぶつかった。

どうもわたしには、モテ期がきているらしい。

その発端というか、二学期に入ってからやたらとうなじに視線を感じていた。

授業中も昼休みも、教室にいると後ろの席から見られている気がする。

いままでだったら「なんかやだな」と思うだけだったけれど、先輩の件があってからは「もしやこれは」も考えるようになった。

別に、調子に乗ってるわけじゃない。

先輩から告白されたとき、わたしはめちゃくちゃに悩んだ。

答えは出ているのになにも手につかなくて、本当に死ぬほど苦しかった。

それはたぶん、相手を傷つけなければならないから。

はっきり言って、いまのわたしは恋愛スイッチがオフになっている。

だからどんなにかっこいい男子に告白されても、絶対にイエスとは言わない。

でも返事をするまではあの苦しみを味わうわけで、たとえ勘違いでも可能性は早めにつぶしておきたい。

だから視線を感じた昼休み、わたしはなんどか振り返った。

けれど、誰もこちらを見ていない。

だいたいは火釜灰夜《ひがまはいや》が、机につっぷして寝ているだけ。

火釜は中学から一緒の男子だけれど、ほとんど話したことがない。

さすがに、あいつがわたしを好きになることはないよね。

なんて思いつつ、フェイントをかけて振り向いたらばっちり目があった。


「火釜、ちょっと待って」

放課後に廊下で呼び止めると、火釜は「うわっ」とあわてふためいた。

「その反応、やっぱり火釜もわたしを好きなんだね。十段階でどのくらい？　『ちょっといいな』程度？　それともコクる寸前？」

「……は？」

うっとうしい前髪の奥で、火釜は怪訝《けげん》な目をしている。

「そんな小芝居しなくていいよ。今後の参考に教えてほしいんだけど、なんでわたしを好きになったの？　わたし、そんなかわいくもないでしょ。どこがよかった？」

「……は？」

「歯？　たしかにわたしは虫歯がないけど――」

「……ちょっ、ちょっと待ってくれ……」

火釜がおろおろしながら、わたしの言葉を遮《さえぎ》った。

「……さっきから、月島がなに言ってるのかさっぱりわからないんだが……あんた大丈夫か。勉強しすぎで、おかしくなったんじゃないか……」

火釜は怪訝を通り越し、ちょっと心配そうにわたしを見ている。

これが例の、『憐憫を湛えた双眸』というやつかもしれない。

まあ正直、わたしも途中で「あ、これ早とちりだ」と気づいた。

でももう引っこみがつかないので、押し切るしかない。

「おかしくなんかなってない。あんたは、わたしに気があるはず」

「……なんの根拠があるんだ……」

「だってあんた、授業中も昼休みもわたしをじっと見てるでしょ」

火釜はもごもごと口を動かし、リノリウムの床に視線を落とした。

「……とりあえず、月島を好きとか、そういうんじゃない……」

「じゃあなんなの。違うって言うなら理由を教えて」

「……黙秘、する……」

なにそれと言いたかったけれど、これってつまりは、火釜がわたしに対してなにかしら感じているのだと思う。

だとしたら、それはそれで気になる。

「わかった。火釜はわたしを好きじゃない。それはオッケー。でもね、わたしにモテ期を錯覚させた罪は重いよ。黙秘権なんてあるわけない」

「……そっちが勝手に誤解したんだろ……」

「やんわり言ってあげたのに。じゃあもう直球でいくよ。あのね、誰かにじっと見られてるって、どういう気分かわかる？　シンプルに怖いよ」

「……それは……」

火釜はまた床を見つめた。

「……すまない。そんなつもりはなかったんだ。あんたに怖い思いをさせたことは、心から謝罪する。悪かった……」

「もういいよ。で、理由はなんだったの」

「……黙秘する……」

「ぐぬ」

思わず変な声が出た。

なんで火釜は、かたくなに理由を教えてくれないんだろう。

「火釜さあ。ひょっとして、なにか困った問題を抱えてる？」

「……っ！　……い……いいや。抱えてない……」

この挙動不審ぶり、間違いなく抱えまくってる。

けれど火釜がここまで意固地《いこじ》だと、一筋縄《ひとすじなわ》では聞きだせそうにない。

「あのさ。火釜って、部活とかやってないよね」

「……悪かったな……」

非難したわけじゃないのにこの対応。

こういうこじらせ人間には、コタローさんの料理が特に効きそうだ。

「じゃ、ヒマでしょ。軽くごはん食べにいかない？」

「……なんだよ急に。同中《おなちゅう》だっただけで、俺たちはろくに話してないだろ……」

「だから行くんだよ。あんたにはつきあう義務がある！」

うっとうしい前髪に、びしっと指をつきつける。

火釜が言うように、わたしたちはぜんぜん仲よくない。

でもわたしとなのかちゃんだって、最初はそういう関係だった。

なのにお節介をやいてくれたのは、なのかちゃんの純粋な善意だと思う。

嫌われたって別にいいから、なれるなら相手の力になりたい。

そういうクールな先生に、わたしはちょっと影響されつつある。

2

わたしが五歳だった頃、近所に中国人の女の子が越してきた。

その子は幼稚園にも通ってなくて、いつも公園でひとりぼっちだった。

わたしがその子を遊びに誘ったのは、単におねえさんぶりたかったから。

言葉はまるで通じなかったけれど、子どもだからすぐに仲よくなった。

印象に残っているのは、ふたりでその子が持っていた絵本を読んだこと。

『ちいさなぼくとネコのあいだに、クマがはいってゆきました』という日本語で書かれた絵本で、子どもがレッサーパンダと猫の鳴き声を間違える話だったと思う。

その絵本には、三文字だけ漢字が出てきた。

レッサーパンダの見学コーナーに描かれていた文字は「小熊猫」。

わたしが読めなかったその漢字を、その子は「シャオシオンマオ」と発音した。

「その子、すぐに中国へ帰っちゃったんだけどね。細かいことはあんまり覚えてないくせに、『小熊猫』の中国語読みだけはよく覚えてるよ」

なんて昔話を語りつつ、わたしは火釜と山道を歩く。

もう一度あの絵本を読んでみたいと探しているけれど、ネットオークションでも見つからなかった。

「……なんで……そんな……するんだ……」

火釜のしゃべりかたはくせがあるし、声も小さくて聞き取りにくい。

「なんて、言ったの？　まあ、いいや。ほら、着いた。あそこ、だよ」

小熊猫軒を指さして振り返ると、火釜ははるか後方にいた。

「男の子なのに、根性、ないなあ」

「……月島だって……肩で……息……してるだろ……」

かたや勉強しか趣味がなかった系バンド女子。

かたや前髪長い系中高一貫帰宅部男子。

言うまでもなく、わたしたちはふたりとも運動が苦手だった。

おかげでなのかちゃんときたときよりも、はるかに時間がかかっている。

「いまから入ったら、ランチというよりおやつの時間かな」

わたしはスマホの時計を見ながら、お店に近づいた。

「……なるほど、小熊猫軒か。店の名前がレッサーパンダなんだな……」

火釜はうさんくさそうに、お店の前のブラックボードを見つめている。

「え、火釜すごい。よく知ってるね」

「……月島の友だち、たぶん外国にきて心細かったんだろうな。だから日本語も読めないのに、中国でも見慣れていたレッサーパンダの本を買ってもらったんだろう……」

「あんた、なにもの？　レッサーパンダクイズ王？」

わたしが驚くと、火釜はふっと視線を落とした。

「……なんだその限定。それより、こんなところにある店あやしくないのか……」

「どっちかっていうと……ごめん、なんでもない」

「い、いま、俺のほうがあやしい不審者って言おうとしたな！」

「してないしてない」

した。

「それはともかく、ラッキーだったね。ちゃんと看板が出てて。小熊猫軒って、営業日が決まってないらしいから」

「……なんだその〝客に媚びてない俺かっこいい〟的な営業スタイル……」

「火釜って、否定から入るタイプ？　モテないよ、そういうの」

「おっ、俺はただ……」

「わかるよ。クセがついちゃってるんだよね。わたしもそうだった」

人生経験がつたない人ほど、ものごとを見る視野がせまい。

多くのことが自分の世界の外側だから、なんでも否定してしまう。

という話を小説で読み、「これわたしだ！」と恥ずかしくなったことがあった。

それ以来、なるべく否定から入らないように気をつけている。

「なんでもかんでも受け入れるのも怖いけどね。でも否定ばかりしてると、自分の世界が広がらないよ。世の中の人はみんな違うんだから」

「……いわゆるダイバーシティ、日本語で言えば多様性ってやつだな。たしかに昨今この言葉をよく見かける。ＳＮＳなどで容易に知見が得られるようになり、個々の価値観への理解が進んだんだろう……」

「ちょっとなに言ってるかわかんない」

「……月島、頭よかったんじゃないのか……」

「そうじゃなくて、話ズレてるよ。火釜って、友だち少ないでしょ」

「なっ……」

このパンチはもろに入ったらしく、火釜はしゅんとなってしまった。

「ごめん。友だち少ないは余計だったね。わたしもまだまだだよ」

「……いや、いいんだ。俺もやっぱり月島といると……」

「わたしといると？　なになに？」

「……いや、なんでもない……」

がっつきすぎたみたいで、火釜は口をつぐんでしまった。

まあ小熊猫軒は目の前だし、あとはコタローさんに任せよう。

「とりあえずわたしが言いたいのは、お店の中だけでも否定をやめてみてってこと」

「……善処《ぜんしょ》する……」

ならよしと、わたしは小熊猫軒のドアを開けた。

するとカウンター席にいた人物が、スプーンを片手に振り返る。

「あっ、いらっひゃいまへ。ひょうひょうおまひを」

ビーフシチューを食べていたと思しき女の子が、食事を中断してわたわたとエプロンを身につけた。

「あらためまして、いらっしゃいませ。おっ、西頼《にしより》の制服。後輩ちゃんだね！」

よく見ると、女の子もわたしと同じスカートをはいている。

「もしかして、カップル？　いいじゃん、いいじゃーん。放課後デートで寄っちゃってみた感じ？　じゃあこのお店は初めて？」

先輩らしき女子に圧倒されていると、キッチンの奥から助け船が入った。

「違うわよ、二葉《ふたば》ちゃん。女の子は月島睦月《むつき》ちゃん。ついこの間、なのかちゃんに連れられてきたの。カップル……かどうかは聞いてみないとね」

七里先生の説明に、わたしは「違います！」と全力で否定した。

「そっかそっか。じゃあ月島さんはホストだね。わたしは三年の二宮《にのみや》二葉。今日はお客さんだったけど、とりあえず座って座って」

二宮と名乗った先輩が、自分のお皿を片づけてキッチンへ入っていく。

初対面でぐいぐいくる人だなと思いつつ、わたしはカウンターの席についた。

そこでようやく、調理場のコタローさんと対面する。

「きゅう」

コタローさんはわたしを見て、たぶん笑顔でうなずいた。

一応は、わたしのことを覚えていてくれたらしい。

「やっぱりかわいい！　コタローさん、会いたかったです」

手を伸ばすと、コタローさんはふさふさの肉球を握らせてくれた。

思わずもふもふしてしまったけれど、コタローさんはなにも感じないらしい。

わたしを見つめるつぶらな瞳は、たぶん注文を待っている。

「……っ！　バカな……レッサーパンダ……だと……？」

わたしたちのやりとりを見ていた火釜が、なんかかっこいい感じにつぶやいた。

「火釜って、芝居がかってるよね。話す前に、いっつも謎のためがあるし」

「……悪かったな……」

「だから、悪いとは言ってないってば」

さすがにここまでひねくれていると、ちゃんとコタローさんの料理で素直になれるのか心配になってきた。

「レッサーパンダとすぐにわかるなんて、きみ、なかなかやるね。たいていの人はコタローさんを見て、アライグマとかかタヌキって言うのに」

二宮先輩が言ったとたん、コタローさんがしゅばっと両手を天にかかげた。

「月島さん、知ってる？　このポーズ、レッサーパンダの威嚇なんだよ。コタローさんはタヌキって言われると怒るの。かわいいでしょ」

コタローさんがまたしゅばっとバンザイし、二宮先輩が「ごめんごめんと」と悪びれずに笑う。

「前にきたとき、一回だけ見ました。コタローさんには申し訳ないですけど、すごくかわいいと思います」

「でしょでしょ！　睦月ちゃんとは話があいそうだね！」

コタローさんみたいにうなずいて、二宮先輩がシュシュでたばねた髪を揺らす。

ちょっとテンションが高すぎるけれど、いい人っぽさは感じ取れた。

そんな二宮先輩とは逆に、火釜はちょっと様子がおかしい。

「……レッサーパンダがなぜ……？　……進化……いや……〝成長〟なのか……？」

火釜はいま、人間とコミュニケーションを取るレッサーパンダに遭遇《そうぐう》した。

そんな生き物を見たら驚くのは当然だけれど、妙な言葉が引っかかる。

「ねえ。火釜って、やっぱりレッサーパンダクイズ王？」

小熊猫がレッサーパンダの和名だと知っていたし、二宮先輩が言ったみたいにタヌキやアライグマとも見間違えなかった。

「……そうかもな……」

相変わらず含みのある言いかたをしつつ、火釜はぼそぼそと続ける。

「……孤独と孤立は違う……そういうことか……」

「おっとー。火釜くんは、いままでに見たことないタイプのお客さんだね」

二宮先輩がにやりと笑った。

「これはコタローさんも腕の振るいがいがあるよ。睦月ちゃん、ご注文は？」

「あ、はい。この通り、火釜灰夜はちょっとひねくれたクラスメートです。わたしに対して思うところがあるみたいなので、さらっと白状させたいなと」

「お、おい。月島、俺は別に……」

火釜があからさまにうろたえる。

そんな火釜をじいっと見つめて、コタローさんはうんうんうなずいた。

「……なんだよ。月島、こいつはなんて言ってるんだ……」

「わたしにわかるわけないでしょ。あ、そうだ。晩ご飯は家に帰ってから食べるつもりなので、今日は軽めのおやつとかだとうれしいです」

コタローさんが、ぱあっと笑うみたいな顔でうなずく。

「ところで火釜。あんたコタローさんに、ぜんぜん驚かないの？」

わたしのときなんて、お店に入ってから十五分くらいは固まっていた。

「……驚いてるさ。さっきから開いた口がふさがらない……」

「そのわりに、お得意の否定が出ないじゃん」

「……月島が言ったんだろ。この店ではすべて受け入れろって……」

「まあそうだけど」

火釜がそんなに素直な人間だったら、わたしは小熊猫軒に連れてこない。

「……月島は、俺が思っていた感じと少し違うな……」

「え？　火釜、わたしをどんな風に思ってたの」

「……ほかに取り柄がないから、勉強してるやつ……」

いきなりぐさっと刺されて、わたしは言葉を返せなかった。

「……だと思ってたんだが、最近は明るくなった。だからこわ――」

言いかけて、火釜は片手で口を覆う。

「『こわ』？　いま『怖い』って言おうとした？」

「ししし、してない。な、なんで俺が、月島を、こっ、怖がるんだ」

さっきまでよく回っていた舌が、めちゃめちゃたどたどしい。

火釜はわたしを怖がっている？

でもあいにく、思い当たる節はまったくない。

これまでほぼ話してないのだから、直接的な原因じゃない気がする。

「お待たせしましたー。まずはミネストローネをどうぞ。コタローさんのはトマトベースで、裏の畑で採れた野菜たっぷりだよー」

二宮先輩が、ふたり分のスープカップをカウンターに置いた。

「あの、先輩はここでバイトしてるんですか」

「バイトではないかな。小熊猫軒で働いてるのはコタローさんだけだよ。わたしを含めた常連のお客さんは、みんな勝手に手伝ってるだけ」

ということは、なのかちゃんと来店した際はウェイターだった一ノ関《いちのせき》さんも、実はお客さんだったということになる。

「小熊猫軒って、不思議なお店ですね」

お客さんがきそうにない山の中にあって、料理を作るのはレッサーパンダ。注文のしかたも独特なので、お客さんが働くというのもなんだかしっくりくる。

「でしょ。面白すぎて、わたしなんて受験生なのに通いまくってるよ」

あっけらかんとしてるけど、それ笑い事じゃないです。

なんて心の中でツッコミつつ、ミネストローネをひとくち食べる。

「あっ、おいしい。わたし、パスタの入ったスープ好きなんです」

野菜たっぷりの言葉通り、スープにはほくほくのじゃがいもや味のしみたペコロスがごろごろ入っていた。

くたっとしたセロリは匂いも少なくて、ベーコンとの相性が抜群。

でもわたしが一番気に入ったのは、短いパスタが入っていること。

「わかる！　スープのパスタをちゅるるってすするの、気持ちいいよね！」

二宮先輩とは、食べものの趣味があうっぽい。

わたしもラーメンともうどんとも違う、独特のちゅるるる感を愛している。

「……月島、このスープ、レッサーパンダが作ったのか……？」

うっかり存在を忘れていた火釜が、わたしの隣でわなわなと震えていた。

「そうだよー。野菜がちっちゃくて、きちんと大きさがそろってるでしょ。コタローさんがペティナイフで、丁寧に丁寧に下ごしらえをしています。そうして朝からことことことこと煮て、食べ頃になるのを待っているのです」

わたしの代わりに、二宮先輩がナレーション風に答える。

その光景を想像して、わたしはぽわぽわと幸せな気持ちになった。

「……いや、そういうことじゃ、なくて……」

「毛が入ってるかもって？　大丈夫。毎日念入りにブラッシングしてるから！」

戸惑う火釜のほうを向き、二宮先輩が胸をたたいた。

「……だから、そういうことでもなくて……」

「じゃあなんなの。火釜はここまでコタローさんを受け入れてるでしょ。いまさら料理くらいで怖じ気づいたらもったいないよ」

「……そうじゃないが……まあ……たしかにな……」

わたしが背中を押してあげると、火釜はようやくカップを持った。

「……うまい……のか……？　いや、うまいぞ……うまい……！」

ぶつくさ言いつつもおいしいらしく、火釜は猛烈な勢いで食べ始めた。

「線は細いのに、さすが男の子ね」

キッチンの奥で、七里先生がくすくすと笑う。

「……その物言いはいただけない……」

火釜が手の甲で口を拭い、七里さんのほうを見た。

「……まあお歳を考えたらしかたないが、ルッキズム的発言やジェンダー観への言及がセンシティブな現代において、『男の子だからよく食べる』なんて前時代的かつステロタイプな価値観を口にするのは――」

「すっ、すみません、七里先生！　あとでよく言って聞かせますので！」

わたしは火釜の口をふさぎ、ぺこぺこと頭を下げた。

「いいのよ、睦月ちゃん。灰夜くんが言ったことは事実だもの。先生も価値観をアップデートしないとね。だからさっきの言葉は、『線が細いのによく食べる』に訂正させてもらうわ。これもベターとは言えないけど、レストランの経営者としては、やっぱり食べてもらうとうれしいのよ」

人格者って、こういう人のことを言うのだと思う。

それに比べてこいつときたらと、わたしは隣の朴念仁《ぼくねんじん》をにらんだ。

「火釜、七里先生に謝って」

「……なぜ俺が……」

「あんたの悪いクセが出てる。意見は正しいかもしれないけど、わざわざ『お歳を考えたら』って言う必要あった？」

火釜が、はっと息をのむのがわかった。

「……俺は、やっぱり……」

「見て、火釜。コタローさん、いまなにしてる？」

わたしがキッチンを指さすと、火釜がうつむいた顔を上げる。

「……料理、だな……」

コタローさんは網杓子《あみじゃくし》を使い、鍋からバットにせっせと揚げ物を移していた。

その手際のよさがコック帽と相まって、本当に一流シェフっぽく見える。

「ね。ちゃんと作ってるでしょ」

「……ああ。本当に信じがたい。自分が映画の登場人物になった気分だ。あのコック帽を脱いだら、マーマレードのサンドイッチでも出てくるんじゃないか……」

たぶんいま、火釜はコタローさんを受け入れたのだと思う。

だから「その映画の主人公は熊だよ」と、水を差すのはやめておいた。

「はーい。揚げたてあつあつのドーナツだよー。さっくさくのもっちもちだよー。ナイフとフォークで召し上がれ」

ドーナツが盛られたカゴを両手で抱え、二宮先輩がキッチンから出てくる。

「見た目は地味だけど、これ無限に食べられるやつだから」

カウンターに置かれたドーナツは、よく見るリング状のあれだった。

おまけにチョコなんかのトッピングもない、潔《いさぎよ》すぎるプレーンスタイル。

唯一ほかと違うのは、ほこほこと湯気が上がっているところ。

そういえば、わたしは揚げたてのドーナツって食べたことがない。

「あふっ……んー！　この低反発な弾力。ほらほら、睦月ちゃんも、がまひーも、早くこのおいしさを味わって」

ちゃっかり自分の分を取り、二宮先輩があふあふとドーナツをかじった。

半分に割ったドーナツを、子どもみたいに交互に食べる先輩。

その様子を見て、コタローさんもうれしそうにうなずいている。

「……がまひーって、俺のことなのか……」

もごもご言っている火釜は無視して、わたしもドーナツを食べてみた。

「これ……ドーナツ？」

思わずそんな感想が出てしまう。

外側はさくっとしているけれど、それは本当に表面だけ。

口の中ではすべてがやわらかく、もちもちの食感そのものがおいしい。

「このふかふかした感じ、どこかで食べた気がする……」

なんだっけと考えていると、ぼそりと火釜がつぶやいた。

「……あげパンだ……」

「それ！」

ふわふわというよりふかふかで、甘すぎないのに甘く感じる。

コタローさんのドーナツは、給食で食べたあげパンの四回に一回くらいある超おいしい当たりのときの味だった。

「すごい……こんなドーナツ初めて食べました。二宮先輩が言ったみたいに、本当にいくらでも食べられそうです」

そんな感謝を伝えたところ、なぜかコタローさんはふるふる震えている。

「なんで？　わたし、コタローさんが怖がるようなこと言った？」

「……もしかして、俺のせいか……くくっ……」

今日初めて、火釜が笑った。

「……コタロー氏。俺が言ったのは『あげパンだ』だ。決して『あげパンダ』と言ったんじゃあない……」

一瞬の間を置き、店内は爆笑の渦につつまれた。

「面白い！　コタローさんもがまひーも、めっちゃ面白いよ！」

二宮先輩は目尻に涙をにじませ、わたしもおなかを抱えてあははと笑う。

コタローさんが愛おしくなったのはもちろんだけど、火釜のつぶやきがシュールでツボに入ってしまった。

「……月島、そんなにおかしいか……」

「あのね。あんたは笑われてるんじゃなくて笑わせたの。いちいちひがまないで」

「……火釜だけに、か……」

ぼそりと言うトーンがまた絶妙で、わたしと二宮先輩はひいひい笑う。

「箸が転んでもって歳じゃないけど、先生も笑っちゃったわ」

七里先生も愉快そうに目を細めた。

ふいに、火釜の顔つきが変わる。

「……七里女史。さっきはすいませんでした。俺も発言を訂正します。価値観に年齢は関係ありません。すぐに自身の考えを修正するあなたの姿勢に、俺は感銘を受けると同時に自分の至らなさに気づかされました。女史という敬称は逆差別だと避けられる時代ですが、あえて呼ばせてください。敬意をこめて、七里女史と……」

「そ、そう。好きに呼んでちょうだい……」

七里先生は微笑みを絶やさなかったけれど、頬はかすかにひきつっていた。

「ちゃんと謝れたじゃん。偉いぞ、がまひー」

「……月島まで、がまひー言うな……」

火釜はむっとした顔を作ったけれど、まんざらでもなさそうに見える。

「でも火釜、なんで急に態度をあらためたわけ」

「……ドーナツが、うまかったからだ……」

拍子抜けするくらいシンプルな理由と思ったら、まだ続きがあった。

「……俺は諸事情で、ドーナツを食べ飽きている……なのにコタロー氏のそれをうまいと感じた……だからほかの料理も、食ってみたくなったんだ……」

「なにそれ。そんなのだめに決まってるでしょ」

「……っ！　なぜだ……？」

「だって横でおいしいものを食べられたら、わたしも欲しくなるし。こんな時間に食べちゃったら、お夕飯が入らなくなるでしょ」

「……理不尽……！　圧倒的女子的理不尽……！」

火釜が前髪の隙間から、うらめしそうににらんでくる。

「はーい。ふたりが仲よくケンカしている間にできちゃいましたー」

二宮先輩が火釜に丼を出した。

コタローさんもキッチンから手を伸ばし、わたしにお茶碗を渡してくれる。

「ロコモコ丼だよ。睦月ちゃんのはミニサイズ。さあさあ、ご賞味あれ」

わたしのお茶碗には、ちっちゃなハンバーグひとつと生野菜が入っていた。

火釜の丼はちっちゃいハンバーグ二個で、追加で目玉焼きが載っている。

「……ほう。ハワイ名物のロコモコを日本風にアレンジした丼は、オフィスで働く女性に人気のランチだ。その理由は主に供給側に起因する。キッチンカーでも手早く作れるシンプルな食事ゆえ、みながこぞって作ったからだ。ゆえにロコモコ丼はあくまでファストフードであり、こういったレストランで食べるのはいささか――」

「おいしい！　めちゃめちゃおいしいですこれ！」

能書きを垂れ流す火釜の横で、わたしはぱくぱくロコモコ丼を食べた。

火釜が言ったみたいに、ロコモコ丼はどこで食べてもそれなりにおいしい。

でも西洋料理店のシェフが作ると、やっぱりワンランク上の味だった。

じゅわっと肉汁がしみだすハンバーグと、風味豊かな本格ソース。

そのふたつが絶妙にあわさって、ごはんも生野菜もひときわおいしい。

「……極上……これが〝本物〟ってやつか……」

火釜もひとくち食べると、いつもは光のない目を輝かせた。

「……」

「……」

おしゃべりしながら料理を楽しめるのが、小熊猫軒の魅力だと思う。

でもわたしも火釜も、完食するまで口をきかなかった。

「……果てしない満足感……この恍惚《こうこつ》……俺はいま満たされている……」

食べ終えた火釜が、目をとろんとさせて笑みを浮かべている。

「……うまいものを食うと、人と話したくなるな……」

「感動したってことでしょ。あんたはその気分を、誰かと分かちあいたいんだよ」

たとえば、面白い映画を見たときなんかがそう。

でも好みに左右される映画と違って、コタローさんの料理はハズレがない。

「……ふっ、そうだな。では悪いが聞いてくれ……この俺が、しょっちゅう月島のことを見つめていた理由を……」

「最初から、聞かせてって言ってるでしょ」

こんなにひねくれた人間ですら、コタローさんの料理は素直にさせる。

取調室に出前とかしたら、みんなすらすらと自供するかもしれない。

3

「……月島、覚えてるだろ。中学時代の俺を。あの黒歴史を——うっ、頭が……」

火釜は手のひらで額を押さえ、意味深にうめいた。

「主人公感出してるところごめん。なんにも覚えてない」

中学時代は話してなかったんだから、火釜の黒歴史なんて知るわけない。

「くっ……！　俺の口から言わせるのか……やむを得ん……」

まどろっこしいなあとあきれていると、ふいにお店のドアが開いた。

火釜が話し始めたタイミングでお客さんとは、ちょっとついてない。

「あれ？　どうしたんだろ」

お客さんがなかなか入ってこないので、二宮先輩が様子を見にいった。

ドアを開けて外を確認すると、先輩が首をかしげながら戻ってくる。

「誰もいなかったー。もしかして、おばけ？」

「ひっ」

わたしは思わず喉を鳴らした。

「なんてね。ただの風だと思うよ。がまひー、話の腰を折ってごめんね」

二宮先輩がキッチンに戻り、にひひと意地悪な顔で笑う。

「……月島、その手の話が苦手なのか……」

「かっ、関係ないでしょ！」

「……いや、なくもない……覚えてるだろ……あの〝魔《ま》法《ほう》陣《じん》事《じ》件《けん》〟を……」

「魔法陣……？　あー！」

すっかり忘れていたその記憶が、じわじわとよみがえってきた。

あれはたしか、中学三年の夏休み明けだと思う。

登校して教室に入ったところ、なぜかみんなが窓にへばりついていた。

なになにと首をつっこむと、校庭の真ん中に変なものが見える。

「なにあれ。なんかの授業で使うやつ？」

いつもわたしたちが座る学習机が五個、五角形を作るように置かれていた。

「わからん。先生たちも知らんらしい」

「生徒のいたずらじゃねーの」

「いたずらにしても、中途半端だろ」

「だよな。普通は文字とか書くよな」

クラスメートの会話に、なるほどと思う。

たしかに机がぽつんと五個だけでは、メッセージはまったく感じられない。

「あれに意味があるとしたら、せいぜい気味悪がらせる程度だろ」

「気味悪がらせるって、なんのためだよ」

「知るかよ。体育祭を中止させたいとかじゃねーの」

などとみんながあれこれ言う中、誰かがぼそりとつぶやいた。

「……あれは魔法陣だ。この学校の誰かが、悪魔を呼び出したらしい……」

まったく毛色の違う内容に、みんなが話し手を振り返る。

「火釜か。おまえがしゃべるなんて珍しいな」

「つーか、火釜。魔法陣ってもっとこう、星みたいな感じじゃね？」

「……机を線で結んでみろ。星の形になる。教室から見ると逆さまの星だ……」

教室内が「おおっ」と、どよめいた。

「……普通の星、すなわち五芒星《ごぼうせい》は魔術に用いられる記号だ。しかし向きを逆転させると——悪魔の象徴〝デビルスター〟のできあがりさ……」

わたしはこの手の話が苦手なので、ぞわっと肌が粟立《あわだ》ったことを覚えている。

「すげぇ。よくわかったな、火釜」

「でもさ、そういう儀式をするなら、もっときっちり数を並べるんじゃないか。じゃないと悪魔も、星だってわかんないだろ」

「だよな。机が五個あるだけで魔法陣ってわかるとか、犯人おまえじゃね？」

その場の全員が、一斉に火釜を見た。

「おっ、俺は、たまたま、魔術に詳しい、だけで……」

「おまえ、体力ないもんな。夜中に学校に忍びこんで魔法陣を描こうとしたけど、途中で力尽きたんだろ」

「そそっ、そんなことするわけ、ない、だろ……」

火釜がしどろもどろに否定する。

きっと誰もが、「あ、こいつやった」と思ったことだろう。

ただ最終的に、机を並べた犯人は明かされなかった。

悪質ないらずらでもなかったので、事件はあっという間に風化した気がする。

「……風化なんてしちゃいない。あの日から俺のあだ名は、〝デビルスター〟になったんだ……事件は誰も覚えてないのに、あだ名だけが残った……」

火釜がどんよりと肩を落とした。

「そういえば火釜、『よっ、デビスタ』って感じで呼ばれてたね」

でも、いじめられている感じではなかった。

むしろあれがきっかけで、火釜と話すようになったクラスメートもいたと思う。

「で、その魔法陣事件が、なんでわたしを見つめることにつながるわけ」

「……俺は、あんたらから見たら〝陰キャ〟だろ……」

「だね」

「…… 躊躇《ちゅうちょ》なしか……」

だって前髪がうっとうしいし、しゃべるときに変なためがあるし、いつも机で寝たふりしてるし、クラスでも目立たない存在というか、逆に目立っているというか、とりあえず誰かと仲よくしゃべっている様子なんて見たことない。

「でもわたしだって、別に陽キャじゃないよ。火釜も知ってるでしょ」

「……そうじゃない。俺が〝陰〟って話さ……」

まるでお酒でも飲んでいるみたいに、火釜はコップの水を傾けた。

「……俺は、そんな自分が嫌だった。デビューとまではいかずとも、高校ではせめてあんたくらいになりたかったのさ。〝普通〟ってやつにな……」

「なればいいじゃん。いまからだって遅くないよ」

わたしだって入学してすぐの頃は、中学の延長のような気分でいた。

人生を変える音楽と出会ったのは、ゴールデンウィーク頃だったと思う。

「……うちの中学から西頼には、たったの三人しかきていない……」

火釜のつぶやきに、二宮先輩が「わかるー」と声を上げた。

「ほんと西頼って人気ないよね。場所は山の上だし、周りに遊ぶとこないし。ついでに制服も上下紺で地味だし。チェックとは言わないまでも、せめてスカートの色は変えてほしかったなー」

そこでコタローさんがうんうんうなずき、わたしはあやうくふきだしかけた。

「……おまけに偏差値もそこそこ高い。しかしだからこそ俺は選んだ。中学時代の俺の過去、真っ黒に彩られた歴史を知る人間がいない西頼を。なのに……」

火釜が前髪の隙間から、うらめしそうな目を向けてくる。

「なに？　火釜はわたしのせいで、高校デビューできなかったっていうわけ？」

「……仮に俺がクラスで存在感を発揮しだしたら、『でもあいつ、中学時代デビスタだから』と、月島が噂を広めるかもしれない……」

「そんなことするわけないでしょ！」

実際、いまのいままで火釜の黒歴史なんて忘れていた。

「……わかってる。俺はそれをいいわけにしたかったんだ。変わるための勇気を出すのは簡単じゃない。だから月島のせいにして、俺は楽なほうへ逃げた。否定ばかりする癖も、そのほうが自分が傷つかないからさ……」

その気持ちは、わからないでもない。

わたしだって、辞めたばかりの軽音部に戻るには勇気が必要だった。

でもコタローさんと顧問のなのかちゃんのおかげで素直になり、自分自身がやりたいことに気づけたからがんばれた。

「あのさ、火釜。わたしたち一年だよ。まだ夏休みが終わっただけだよ。自分を変えるチャンスなんて、これからいくらだってあるよ」

「……どうかな。俺は最善のタイミングを逃している……デビスタのせいで……」

「だいたいあの魔法陣だって、火釜がやったって証拠はないでしょ」

「……あれは俺がやった……」

「やったんかい！」

わたしと二宮先輩が同時につっこんだ。

「……あれこそが、高校デビューのための布石だったんだ。不気味な魔法陣が発生した中学の出身だったら、高校で話しかけられやすいだろ。呪われた学校の話とかみんな好きだし……まあ実際に呪われたのは俺なわけだが……」

ひねくれているから魔法陣を作ったのか、失敗したからねじ曲がったのか。

たぶん前者だろうけれど、火釜はそんな自分を変えたがっている。

「火釜。あんたが望むなら、わたしは魔法陣事件のことは誰にも話さないよ。もうひとりの子にも頼んで、口止めしてあげる。でも賭けてもいいけど、それじゃ火釜は変われないよ。むしろ安心しちゃって、ずっとこのままだと思う。いつかきっかけがくるはずだって、卒業式まで思い続けるよ」

「……やめてくれ、月島。言葉が刺さりすぎる……」

火釜がまぶしそうに、片手で目元をさえぎった。

「どれだけ隠したって過去はばれるよ。だったら開き直ったほうが絶対いいって」

「……簡単に言ってくれる……」

「わたしね、高校に入ってから親友と絶交したんだ」

「……あいつと……？」

同じ中学からきた三人の、残りのひとりが彼女だ。

「そのときは、世界の終わりにいるみたいな気分だったよ。でもちょっとしたきっかけがあって、いまは毎日が楽しくなった。バンドでギターを弾いて、コタローさんや小熊猫軒の人にも会えて」

「……月島の世界は、広がったんだな……」

世界が広がったというよりも、世界は広かったという感じ。

なにかひとつを始めたら、それだけでいつもの景色が違って見える。

なのかちゃんはそれを知っていたから、わたしに伝えてくれたんだと思う。

「さっきも言ったけど、わたしたちまだ一年だよ。小説でいったら、火釜の黒歴史なんてせいぜい二ページ半。残り二年の高校生活で、新しい青春をたくさん綴《つづ》りなよ。これからできる友だちが読むのは、いまの火釜の物語なんだから」

「……月島、そのセリフはかっこよすぎだ……」

火釜が、ふっと鼻から息を抜いた。

「まあね。くさいことを言ったとは思うよ。でもわたしだったら、真剣に話している友だちを斜に構えて笑ったりしない」

意図するところが伝わったのか、火釜がぎゅっと拳を握った。

「だいたい、火釜だってかっこつけでしょ。その変なしゃべりかたとか。そういうのって、人目を意識してるからだよ。あんた、本当は見られたがってるんだよ」

「……俺が……見られたがっている……？」

「そう。だからなんでもいいから始めてみなよ。軽音部に入る以外で」

「……さらっとひどいな……」

もちろん冗談だけれど、火釜はちゃんとくつくつ笑ってくれた。

「……なんだろうな。いま俺は、妙に昂《たか》ぶっている。走りだしたいような、泳ぎたいような、そんな気分だ。俺にも、なにかができるかな……？」

火釜は自分の両手を見つめている。

するとそこへ、ぽふんとふさふさの手が置かれた。

コタローさんは火釜を見て、うんうんとうなずいている。

「……いやこれ、絶対わかってないだろ……」

「わかってるよー。コタローさんは、『文化祭の実行委員でもやってみたら』って」

二宮先輩の通訳は、だいぶ主観が入っていると思う。

でも九月という時期的にも、デビューの初めの一歩にもちょうどよさそう。

「いいじゃん。やってみなよ、火釜」

「……ああ、検討してみるさ。月島、感謝する。まさか今日、自分からこんな話をすることになるとは思ってもみなかった……」

「お礼ならコタローさんに言って。わたしも同じ気持ちだから」

ということで、ふたりそろってコタローさんに「ごちそうさま」とお辞儀する。

コタローさんはうれしそうに、うんうんとうなずいてくれた。

「……いま俺は、とても清々《すがすが》しい気分だ……」

「わかるよ。人に言えないことって、結局自分がやましいんだよね」

たいていの悩みごとは、最初から答えが出ていると思う。

それが認めたくない事実のとき、わたしたちは悩みに逃げる気がした。

「どしたの、コタローさん。なにか考えごと？」

二宮先輩が声をかけると、腕組みしていたコタローさんがびくりとなった。

「なにかお悩み？　睦月ちゃんが言ったことに関係してる？」

ぐいぐいと詰め寄る先輩に、コタローさんが激しくうなずいた。

「そっか。なんでもないか。ならいいんだけどね」

二宮先輩があははと笑い、ドーナツをひとくちかじる。

「……いまのは『なんでもない』なのか……？」

わたしも火釜と同じ感想なので、早く常連になりたくなった。


会計を済ませて、小熊猫軒を出たわたしたち。

「……月島……」

「なに？」

「……あ、いや、なんでもない……」

下山中、スマホを握りしめた火釜とこんな会話を三回した。

とうとう駅についてしまい、わたしはあきれてため息をつく。

「……ふっ。先が思いやられるな……」

「……月島。なぜ俺のしゃべりかたをまねする……」

「もういいからスマホ貸して……はい、交換完了。じゃあね」

こんな調子では、火釜がなにかを始められる気がしない。

でも自分がたきつけた手前、なるべくフォローをしてあげようと思う。

4

一緒に小熊猫軒へ行ってから数日後、火釜は文化祭の実行委員になった。

といっても、自ら挙手して立候補したわけじゃない。

委員決めを寝たふりでやりすごそうとしていたから、わたしが推薦してあげた。

その結果は、火釜にとってよかったらしい。

「……『火釜って、けっこう面白いやつだったんだね』と言われた……」

放課後の教室で、ぼそぼそとそんな報告をする火釜。

「よかったね。同じ委員の子と仲よくやれて」

気持ちの半分は親心でうれしいけれど、もう半分はちょっと複雑だった。

なんとなく、親友の相談を受けていた頃を思い返すから。

「……俺はいま、前よりも人生が楽しい。なにかが大きく変わったわけじゃない。でも楽しいときに、『楽しい』と伝えられること自体がうれしいんだ。こんなこと、小学校に上がる前以来だからな……」

「長かったんだね。ひねくれ時代」

「……ああ、長かった……」

火釜が遠くのほうを見て、ふっと力を抜いて笑う。

わたしは、火釜の小学校時代を知らない。

こんなめんどくさい性格になった原因は、その頃にあったのかなと思う。

「……俺がこうして笑えるのは、月島のおかげだ。心から感謝する……」

「前も言ったでしょ。お礼を言う相手はコタローさんだよ」

「……そうだな。コタロー氏にも礼をしたいな……」

「だったら常連になればいいんだよ。それで二宮先輩みたいに、新しいお客さんがきたときお店を手伝ったりね」

少なくとも、わたしはそうしようと思っている。

「……そう……だな。話は戻るが、やっぱり俺は月島にも礼をしたい。おまえは……俺にとって、特別な存在――」

「待った！　わたしとあんたは友だち。恋愛に発展する可能性はゼロ！」

「……自意識過剰だと言いたいが、月島がやたらとそれを恐れるのは……友情を失ったからだよな……」

意外にも、火釜は察してくれた。

「……だったら安心してくれ。あんたは俺にとって友人よりも一段上の存在だが、それはあくまで師としてだ。恋愛対象ではない。まったくない。悪いがな……」

「微妙にカチンとくる言いかたをどうも」

「……まあそういうわけだから、いまから小熊猫軒へ行かないか……」

「それって、ごはんをおごってくれるってこと？」

「……ああ。ひとまずの礼だ。俺の借りはもっと大きい……」

今日は部活もなかったので、そういうことならと高尾山へ向かった。


「スイッチが入ったときの火釜はさ、よくしゃべるくせに言葉が足りないんだよ。逆に普段のときは、口数が少ないのにひとこと多い」

「……参考になるな……そして俺が頼んだダメ出しとはいえ、心にくるな……」

山道を登りながら、火釜は引きつった笑みを浮かべていた。

「ときに厳しい話を言ってくれるのが、いい友だちってもんだよ」

わたしの場合は、なのかちゃんがそうだと思う。

スマホのアプリに友だちはたくさん登録されているけれど、厳しい話どころか一回も連絡したことのない人は多い。

「……月島。ついでにもうひとつ聞きたいんだが……」

「なに」

「……俺はやっぱり、軽音部に入ってはだめか……」

「だめじゃないけど、なに？　楽器やってみたいの？」

「……楽器に興味はないが、文化祭で演奏したというステータスに憧れるんだ。そういうの、一生うらやましがるぞってネットのおっさんたちが言ってた……」

女の子と自転車でふたり乗りとか、浴衣を着て夏祭りだとか、大人には二度とできない経験をねたむことを、青春コンプレックスというらしい。

たしかに火釜は大人になったら、そういうのをこじらせて悶絶《もんぜつ》しそうなタイプだ。

「気持ちはわかるけど、さすがに楽器に興味がないと続かないと思うよ」

「……そうか。音楽は嫌いじゃなくてむしろ好きなんだが……」

そこから、まさかの音楽談議になった。

火釜は意外なことに、ＥＤＭとかハウス系に詳しいらしい。

「だったらＤＪとかは？」

「……機材に金がかかる……」

「じゃあ歌」

「……人前で歌うのはちょっと……」

楽器に興味がなくて歌も無理なら、文化祭での演奏は不可能だと思う。

「――あ。いっこあった！」

せっかく思いついたのに、火釜は食いついてこなかった。

うっとうしい前髪をかきわけて、なぜか山の遠くを見つめている。

「なんなの、火釜。ていうか、いいかげん髪切りなよ」

「……なあ、月島。あれ、コタロー氏じゃないか……」

「え、どこ」

火釜が指さす林の中を見る。

まだお店も見えない辺りだけれど、たしかに後ろ姿のコタローさんがいた。

二本足で立っているし、しっぽがしましまなのでタヌキではないと思う。

「コタローさん、こんにちはー」

「……ども……」

ふたりで声をかけると、コタローさんはびくりと背中を震わせた。

そしてなぜか、こちらを見ずに山の中へ四つ足で走り去る。

「どうしたんだろ。わたしたち、忘れられちゃったのかな」

心の中に、悲しい顔の絵文字がたくさん浮かぶ。

「……っ！　待て、月島。まだなにかいる……」

火釜がコタローさんのいた辺りを指さした。

「ちょっ、やめてよ。そういうの、本当に怖いんだから」

わたしが思わず後ずさると、逆に火釜が一歩前へ出た。

「……そこに、誰かいるのか……」

頼もしいようなそうでもないような小声で、火釜が話しかける。

その瞬間、茂みの中からなにかが飛びだした。

「えっ……」

「……こいつは……」

現れた相手を見て、わたしと火釜は同時に声を上げる。

「……コタローさんの、子ども……？」

水無瀬水樹はシュークリームでちゃんと失敗した

Koguma
nekoken

1

俺の名前は火釜灰夜《ひがまはいや》。
これは運命にもてあそばれた男が、世界に凱旋《がいせん》するための序章《プロローグ》。
自分にだまされていた俺が、真理の扉をこじ開けるための独白《モノローグ》。
さあ、まずは暗黒の中学時代を振り返ろう。

俺は机に伏せたまま、スマホのボリュームを上げた。
推しているＤＪ系Ｖｔｕｂｅｒの配信を、イヤホンで音だけ聴く。
生徒たちがあちこちに輪を作る、昼休みの教室。
ど真ん中の席で寝ているぼっちの俺に、話しかけてくるやつはいない。
これは、俺が自ら選んだ結果だ。
俺がこうして教室の背景となることで、小さな世界の平和は保たれている。
俺は人々の平穏のため、中学生活で自らの力を封じることに決めたのだ。
「……はぁ」

それでも、ため息はこぼれる。

俺は寝そべったまま、守った世界を横目で見た。

窓の外では、男子生徒たちが全力でボールを蹴っている。

教室の隅では、数人の男女が楽しそうにおしゃべりをしている。

ベランダでは、女子たちが全力男子に向かって黄色い声を上げている。

俺だって、スポーツで汗を流してみたりしたかった。

部活でなにかの一番を目指したり、放課後のファストフードでわいわいゲームの協力プレイをしてみたり、夏休みには期待に胸をふくらませながら友だちと海へ出かけ、なにもないままラーメン食って帰るとかしてみたかった。

そしてなにより、きみの名を尋ねたり、きみに届けたり、きみの雑炊《ぞうすい》を食べたいと言ってみたり、まだ見ぬきみとアオハル的なことをしてみたかった。

だが俺は、中学に入学した日からすべてをあきらめていた。

自己紹介がすべったわけじゃない。

キャラ作りに失敗したわけでもない。

趣味はゲームとアニメとマンガ鑑賞。

学業ぼちぼち、運動ほどほど、容姿はまあ……置いておこう。

ネットで浅い知識をあさり、「一を聞いて十を知ったかぶる」がモットーの、どこにでも転がっている量産型《ノーマルレア》の男子中学生。

そんな俺は、友だちを作ったり、きみに会うことは絶対にできない。

おそらくは、一生。

それが、異能の力を持つ俺の――運命《デスティニー》。


俺が持って生まれたこの能力、【動かない動物《コンクリート・アニマルズ》】には、〝仲よくなった友だちを引っ越しさせる〟という、まったくもってわけのわからない力がある。

俺がこの力に初めて気づいたのは、幼稚園の年長さんのときだ。

いまでは考えられないが、当時の俺は社交的だった。

まさに「ともだちひゃくにんできるかな」を地でいって、うさぎ組のあらゆる園児と友情を育《はぐく》もうとしていた。

最初に仲よくなったのは、泣き虫だけど笑うとかわいい女の子だ。

その子をどうにか笑わせたくて、俺はいつも彼女の前でふざけていた。

あるとき、彼女が手紙をくれた。

内容は記憶していないが、読んでうれしかったことは覚えている。

ところが次の日、彼女が遠くに引っ越したと園の先生に聞かされた。

俺は泣いて悲しんだ。

そしてさびしさをまぎらわすべく、ほかの園児たちと全力で遊んだ。

だが不思議なことに、仲よくなった友だちがなぜかみんな引っ越していく。

やがて先生が、俺を疑うようになった。

「灰夜くん。先生の見てないところで、お友だちをいじめたりしてない？」

いまなら先生の気持ちもわかる。

三ヶ月で五人の園児が親の都合で引っ越すなど、どう考えてもおかしい。

しかし【動かない動物《コンクリート・アニマルズ》】という異能の力に気づいていない俺は、そんなことは絶対にしないと主張した。

先生も俺が悪い子ではないと信じてくれたので、園内にはいよいよ得体の知れない不気味さがただよう。

なにも原因がわからぬまま、園児の数は日に日に減っていった。

そしてとうとう、俺は避けられるようになった。

噂を聞いた親から入れ知恵をされた園児たちからはもちろん、味方であるはずの先生からも、俺は腫《は》れ物《もの》のように扱われた。

俺は園内で完全に孤立した。
ひとりぼっちの園庭で、俺はコンクリートでできた遊具と心を通わせた。
動かないイルカやレッサーパンダだけが、いつまでも俺と一緒にいてくれた。

俺は進学し、悲愴感《ひそうかん》あふれる小学生になった。
仲よくなった相手はみな、【動かない動物《コンクリート・アニマルズ》】のせいで引っ越してしまう。
その発動条件もわからない以上、俺には防ぎようがない。
心が抉《えぐ》られる日々に嫌気が差し、俺は人との接触を避けるようになった。
誰かと仲よくなれば、結果的に俺は傷つく。
急に転校させられる相手にとっても、迷惑な話でしかない。
俺は貴重な小学校六年間を、ずっとうつむいてすごした。

だが中学生になって知恵がつくと、いいかげん現実に気がついてしまう。
小学生や中学生で、引っ越しをするクラスメートは多くない。
俺がおとなしくしているからという話ではなく、たぶん一般的にそうだ。
親の都合による引っ越しは、子どもが学生になってからだと負担が大きい。

だから居住地を変えるなら、未就学児《みしゅうがくじ》が小学校に上がる前がチャンスなのだとテレビかなにかで見た。

だとすると、幼稚園の友だちが連続して引っ越すこと自体はありえる。

七人はさすがに多いが、偶然が重なればそのくらいにはなる。

そういえば、最初に仲よくなった女の子からは手紙をもらった。

当時はただ喜んでいただけだったが、あれは単に、お別れバイバイのメッセージだったのではないか――。


異能の力、【動かない動物《コンクリート・アニマルズ》】なんてものは存在しない。

俺は偶然に踊らされ、ただ過去を棒に振ったのだ。


事実に気づいて愕然《がくぜん》とする一方、俺は希望も見いだしていた。

残りの中学生活で、俺は普通に友人を作ることができる――。

だかそのためには、ひとつ大きな問題があった。

俺が社交的だったのは幼稚園時代だけで、その後はずっと孤独を貫いている。

おかげで性格がすっかりひねくれ、それが言動にも出てしまう。

たまに用事があってクラスメートに話しかけても、「お、おう」と微妙な顔をされることが多い。

そんなことがあるたびに、俺はひとり反省会をくり返した。

風呂で、寝る前に、何ヶ月も前の自分の発言を思い返して、「あああああ」と煩悶《はんもん》の叫びを上げる日々。

だから俺は、戦略的撤退をすることにした。

そろそろ中学も卒業する段階で、こんな俺が友人を作れるわけがない。

ならばこれからの目標は、高校からの青春リスタートだ。

そのためには、高校で友人を作りやすくする布石を打っておきたい。

俺は夏休みの最終日に、学校に忍びこんだ。


その結果は、ひとことで言えば黒歴史だ。

詳細は記さない。

高校生になったいまも、俺が寝たふりをしているということで察してほしい。

俺のふたつ前の席には、同じ中学だった月島《つきしま》睦月《むつき》が座っている。

俺が高校デビューで調子に乗ったら、あいつにおぞましきデビルスターの過去をばらされるかもしれない。

まだ高校一年なのに、俺は大学デビューにかけるしかなくなってしまった。

夏休みになっても、当然やることなんてなにもない。

せめて有意義なことをしたいと無理やりひねりだしたのが、〝愛飲しているもののあまりそこらで売っていない、風邪のシロップみたいな味の炭酸飲料が入っている自販機の場所〟を、マップアプリにマーキングすることだった。

やってみると、歩き回って自販機を探すのは案外に楽しかった。

俺的には、充実した夏休みだったと言える。

ただときどき、後悔に似た感覚も覚えた。

これを友だちとやれたら、もっと楽しかっただろうな――と。


そのせいで、二学期に入ると俺は月島を逆うらみした。

あいつさえいなければ、いまごろ俺には大勢の友人がいたかもしれない。

夏休みの自販機行脚《あんぎゃ》だって、青春の一ページに刻めたかもしれない。

もちろんこれが被害妄想ということは、俺自身よくわかっている。

だが愚痴をこぼす相手すらいない俺には、最近楽しそうな月島をねたむくらいしかできなかったのだ。

いやまあ、俺にも一応は話し相手がいる。

しかし〝みっくん〟は、ちょっと面倒くさいやつなのだ。

水無瀬《みなせ》水樹《みずき》は俺の従兄弟《いとこ》で、いまの肩書きは大学院生になる。

普段は大阪《おおさか》の大学に通っているが、目下は就職活動でうちに居候《いそうろう》中だ。

こいつがまた俺とは別種のこじらせ人間で、就活で上京したくせにスーツを着て出かける姿を見たことがない。

代わりになにをしているのかといえば、キッチンでマフィンやらマドレーヌやらのお菓子作りばかりしている。

じゃあそっちの道に進む気かと問えば、そういうことでもないらしい。

見た目は眼鏡のヒョロガリで、性格は温厚というか逃げ腰。

趣味がお菓子作りである以外、女子っぽいところはまったくない。

お菓子作りが女子の趣味と決めつけるつもりはないのだが、毎日試食をさせられる身としては、せめて女子であってほしかったというのが本音だ。

とはいえ仲が悪いわけではないので、一応は水樹のことを心配している。

だからときどき、「就活は順調か」と問うてみた。

すると返ってくるのは、「なぜ働く必要があるのか」、「仕事をする意味を見いだせない」など、本当に就活生か疑わしい反応ばかりだ。

こんなひねくれ人間からは、有益な青春助言を得られる気がしない。

かといって月島をうらみがましく見つめるだけでは、来年の夏休みもぼっちの自販機探しが確定する。

などと懊悩《おうのう》する日々を送っていたら、ふいに変化が訪れた。

俺を光射す世界へ導いてくれたのは、ほかならぬ月島睦月だった。

経緯は省くが、俺は月島に誘われて高尾山を登った。

登山コースをはずれた場所には、ぽつんとレストランが建っていた。

そこで経験した摩訶不思議《まかふしぎ》な出来事は、おいおい語るとしよう。

結論から言うと、俺は再び人生に希望を見いだした。

もっと具体的に言うと、文化祭の実行委員に就任することになった。

実行委員は、クラスから男女一名ずつが選出される。

なんやかんやと用事はあるので、必然的に会話をする。

やがては雑談もするようになり、俺は最近のあだ名が「がまひー」だとか、夏休みに自販機行脚をしただとか話してしまった。

すると彼女はどんびき――せず、爆笑しながらほめてくれた。

「あのジュースの味は苦手かも。でもそういう無駄だけど無意味じゃないことって、すごくいいと思う。ぜひ来年もやって、いつか全国制覇しなよ。というか、あたしもやりたいな。一緒にやろうよ、がまひー」

――そろそろ夏が終わるのに、ボクには春《きみ》がやってきた。

月島から借りた〝感動の名作〟らしい小説の、お寒いコピーが脳内に浮かぶ。

しかしいまの俺は斜に構えず、心から「いいね！」と言えそうだ。

俺は興奮気味に家に帰り、菓子作り中の水樹に話しかけた。

昼休みに寝たふりをしているぼっち高校生の俺が、ひょんなことから優等生系バンド少女と交流するようになり、なぜか来年の夏休みには別の女の子と一緒に〝風邪のシロップみたいな味のお気に入り炭酸飲料が入っている自販機の場所を探す旅〟に出かけることになったと。

俺が期待したのは、「ラノベの主人公かよ」というツッコミだった。

しかし水樹の反応は、ほぼほぼ〝無〟に近い。

「なにもしてないのに、モテていいな」

短いくせに辛辣《しんらつ》な言葉は、的確に俺にぶっ刺さった。

悲惨だったあの頃を考えれば、俺にも調子乗りイベントがあったっていい。

そう思うものの、たしかに俺自身はなにもしていなかった。

俺を救済してくれた女神《イシュタル》は、月島にほかならない。

いや女神は言いすぎだが、それでも月島は嫌な顔ひとつふたつしながら、絶望の淵にいた孤独な俺に手を差し伸べ、引っ張り上げ、今度は違う崖へと突き落とし、「這《は》い上がってこい」と言ってくれた親獅子《おやじし》のような友だ。

そのことは十分に感謝しているから、月島にはなんども礼を言った。

しかしあいつはそのたびに、「わたしはなにもしてない」と言う。

それが謙遜《けんそん》でなく本心ということは、小熊猫軒《こぐまねこけん》に通うようになってわかった。

真剣に人の話を聞いたり、その上で背中を押したりすることは、実はそんなにたいしたことではない。

一番簡単で一番難しいことは、誰かの力になりたいと〝思う〟こと自体だ。

月島が俺の力になろうと思ってくれたのは、自分も軽音部の顧問に〝思われた〟過去があるからだろう。

「……ところで、みっくん……」

俺は菓子作り中の従兄弟に声をかけた。

「なんだ、灰夜」

水樹は家の中でも、シャツのボタンをきっちり閉めている。

髪のはね具合は毎日同じで、料理の際には必ずエプロンを身につける男だ。

水樹は〝こうあるべき〟や〝正しさ〟に、常日頃から余念がない。

「……どうなんだ。就活のほうは……」

聞こえているはずなのに、水樹はなにも言わなかった。

ただうつむいて、ハンドミキサーでぎゅんぎゅんなにかをかき混ぜている。

「……本当は聞こえてるだろ、みっくん……」

「なにか言ったか。うるさくて聞こえなかった」

わざとらしく言って、ミキサーのスイッチを止める水樹。

いまの短い会話でも、こいつにとって就活の話題は避けたいことがわかる。

しかしそもそも水樹は、スーツを着て出かけてもない。

成績優秀、性格真面目、ルックスも俺と違っていいほうだ。

正直こいつがその気になったら、どんな企業でも内定をもらえるだろう。

だから水樹は、面接以前の段階で壁にぶち当たっていると思う。

「……明日、飯を食いにいかないか……」

誰かの力になりたいと、〝思う〟だけなら簡単だ。

本当に難しいのは、そう〝思える〟ような人間になることだろう。

できるなら、俺は水樹の力になりたい。

ただの高校生には助言もできないが、それでも〝思い〟はしている。

「悪いな、灰夜。僕はティーンエイジャーと違って忙しいんだ」

水樹が再びミキサーのスイッチを入れようとした。

「……そこの店、ドーナツが死ぬほどうまいんだ……」

「なに」

眼鏡のレンズがきらりと光った、気がする。

「……みっくんのドーナツを食べ飽きた俺が、うまいうまいといくつも食った……」

「灰夜」

すちゃっと、水樹が眼鏡の位置を直した。

「詳しく聞かせてもらおう」

2

俺が動物のことに明るいのは、あいつらと友だちだったからだ。

忌まわしき被害妄想の産物とは言え、当時の俺にとって【動かない動物《コンクリート・アニマルズ》】たちは間違いなく心の支えだった。

しっぽが欠けた、イルカのグウェン卿《きょう》。

くちばしのペンキがはげた、ツバメのピーウィー。

そして一番の親友だった、〝隅っこ〟レッサーパンダのハッシュ・モッシュ。

動物図鑑で調べたので、あいつらのことはよく知っている。

たとえばレッサーパンダは主として樹上で生活し、単独で行動する生き物だ。

基本的に仲間と群れず、平和主義者で縄張り争いもしない。

だいたいは黙々と笹を食べ、孤独に一日をすごしている。

見た目の愛らしさから動物園では人気者だが、本来の彼らは隠者《ハーミット》だ。

誰ともかかわらずひっそり生きるレッサーパンダに、俺は共感《シンパシー》を抱いていた。

だから初めて小熊猫軒を訪れたとき、俺はショックを受けた。

小熊猫軒は高尾山のふもとに建つ西洋料理店で、七里《ななさと》女史が経営している。

しかし料理をするのは女史ではなく、一匹のレッサーパンダだ。

まるでおとぎ話のようだが、コタロー氏は二本の足でひょこひょこ歩き、厨房に立って小さな手で小さなフライパンを振るう。

客の注文にはうんうんとうなずき、こちらが料理の感想を伝えると人間のようにぱっと顔を輝かせる。

そんなレッサーパンダがいることに、俺は驚きを隠せなかった。

しかし一番ショックを受けたのは、コタロー氏が店になじんでいることだ。

人語を解する素振りや調理スキルは、百歩譲ってよしとしよう。

しかし単独行動を旨とするレッサーパンダが、従業員や客たちとコミュニケーションを図っていることは解《げ》せない。

なぜ動物が、本能に背《そむ》くことができるのか。

その答えは、客兼ウェイトレスをしていた二宮二葉《にのみやふたば》先輩が教えてくれた。

コタロー氏は、自分を人間だと思っているレッサーパンダらしい。

たしかにその振る舞いを見ていると、氏は人間に近いと感じられた。

つまるところコタロー氏は、人間（と自分が思いこんでいる）ゆえに、人間と交わって生きているのだろう。

それは進化というよりも、成長なのかもしれない。

人が〝ひとりでいること〟と、〝ひとりであること〟は違う。

孤独は自ら選ぶものであり、孤立は他者が行った選択だ。

コタロー氏は自分を人間と信じることで、孤独を選ぶ理由を失ったのだ。

ひるがえって俺はというと、幼稚園の頃は間違いなく孤立だった。

しかし高校生のいまは、率先して孤独を選んでいる。

俺は〝ひとりである〟必要はなくなったのに、自分が〝ひとりでいる〟ことを月島のせいにした。

俺はこのレッサーパンダから、生きかたを学ぶべきではないか。

かつて友だった【動かない動物《コンクリート・アニマルズ》】が、いま目の前で〝動いて〟いるのだから。

あのときそう思えたからこそ、俺はいま山道を歩いているのだろう。

そういう意味では、水樹を小熊猫軒に連れていくのは不安がある。

口は悪いが根はピュアな月島と違い、水樹は俺に輪をかけて理屈屋だ。

動かないレッサーパンダのハッシュ・モッシュが親友だった俺のようには、コタロー氏に対して好意的な態度を取らないだろう。

「こんな場所に店を構えるなんて、店主は山猫かなにかか」

茂《ブッシュ》みをかきわけ舌打ちしながら、水樹は早くも不服そうだ。

「客足は見こめない。なら単価で稼ぐしかない。灰夜、その店は高いのか」

「……普通だよ。むしろ安いくらいだ……」

「ますますあやしいな。極限までコストを削減していなければ採算が取れない。食材が聞いたこともない外国産なんじゃないか」

「……少なくとも、野菜は国産だった……」

なにしろ小熊猫軒の裏手には、小さいながらも畑がある。

コタロー氏や常連客が世話をしている野菜は、めちゃくちゃにうまい。

「まったくもって合理性がないな。ひょっとしてその店は、サイドビジネスで儲けているくちか？　知っているか灰夜。なぜさおだけ屋が、二本で千円、二十年前のお値段で利益を出せているのか」

「……物干し台の修理もやるんだろ。小熊猫軒はそういうんじゃなくて、七里女史が道楽でやってるんだよ。店舗も一軒家を改築しただけだ。ほら……」

ちょうどいいタイミングで、林を抜けた先に白い建物が見えてきた。

「それにしたって出ていくばかりでは困るだろう。オーナーはよほどの金持ちか」

「……人件費は安いかもしれない……」

シェフの報酬はおそらくリンゴで、給仕《きゅうじ》するのはむしろ金を払う客だ。

「感心しないな。そうやって若い労働者は搾取《さくしゅ》されるばかりだ。そもそも各都道府県の最低時給だって、物価に則したものとは――おい、押すな」

俺は御託《ごたく》を並べる水樹を連行し、小熊猫軒のドアを開けた。

「……ども……」

店に入って挨拶したものの、厨房の中には誰もいない。

その代わり、カウンター席に座っていた女性が振り返った。

手元には、古ぼけた一冊の本が見える。

「しーっ。オーナーもシェフも、もうちょっとで起きるから待って」

客と思しき四十代くらいの女性は、唇にひとさし指を当てた。

その視線は意味ありげに俺たちの横、すなわち入り口の脇に向いている。

首を動かし見てみると、柱と壁の間にハンモックがかかっていた。

そこに小熊猫軒のオーナーこと、七里女史が目を閉じ横たわっている。

女史の腹の上には、ぽけっと口を開けて寝ている動物がいた。

この店の調理人、レッサーパンダのコタロー氏だ。

「……なんたる無防備。野性のかけらもない……」

しかしそれもまた、コタロー氏が人間に成長した証左《しょうさ》だろう。

「あなたたちお客さんよね？　どっちがホスト？」

さきほどの客らしき女性が、キッチンからウォーターポットを持ってくる。

「……あ、俺です。火釜と言います。お客さんですか……」

「私？　私は……まあそうね。二宮《にのみや》三津代《みつよ》です。小熊猫軒に通うようになって、一年くらいかしら」

聞き覚えのある姓だ。

「……もしかして、二宮先輩の親御さんですか……」

「あら、二葉の知りあい？　あなたも西頼の写真部？」

「……いえ。西頼の一年ですけど、二宮先輩に世話になったのはこの店で、です。すいません。それ、やります……」

俺は二宮先輩の母君《ははぎみ》から水差しを受け取り、コップに注いで席に置いた。

「おい、灰夜」

水樹が俺の袖を引く。

「なんなんだこの店は。あの女性は客か？　いまシェフとオーナーが寝ていると言ったが、どういう意味なんだ」

「……そのままの意味だが……」

水樹が小声なので、俺も同じ調子で返した。

「ハンモックで寝ている女性はどっちだ。オーナーか。シェフか」

「……七里女史はオーナーだ……」

「じゃあシェフはどこだ」

「……女史の腹の上……」

そう言うと、水樹は眼鏡をはずしてレンズを拭き始める。

「灰夜。おまえは、あのぬいぐるみがシェフだというのか」

「……ああ……」

「ではここは、人形劇をする料理店なのか」

「……コタロー氏はぬいぐるみじゃない。本物だ……」

「バカを言うな。レッサーパンダはペットとして飼育できる動物じゃない」

おやと思った。

アライグマにハクビシン、ほかにはアナグマやタヌキなど、レッサーパンダと似て非なる動物はそこそこいる。

俺のように知識がない限り、見分けがつく人間は多くないだろう。

それを一発で言い当てるとは、水樹は意外と動物好きなんだろうか。

「ちょっと、違うのよね」

せまい店なので、小声でも二宮先輩の母君には聞こえていたらしい。

「コタローさんは自分を人間だと思っているレッサーパンダ。この子は自分の意思でここにいるの。オーナーが飼ってるわけじゃないわ」

おいと、水樹が再び小声になる。

「灰夜、もう帰ろう。あのおばさん、言ってることが支離滅裂《しりめつれつ》だ」

「聞こえてるわよ。あなた、名前は」

二宮先輩の母君が、じろりと水樹を見てすぐにふふっと笑った。

「いえ、僕たちはもう帰りますので」

「……こいつは水無瀬水樹。俺の従兄弟で就活中の大学院生です……」

「おいぃ！」

俺の丁寧な補足に、水樹が雑につっこんでくる。

「それじゃあ就活中の水無瀬くん。まずは席に座ってみたら？　おばさんが言っていることが支離滅裂かどうか、自分の目でたしかめてごらんなさいよ」

「すみません。用事を思いだしたのでもう帰ります——なんだ？」

言葉の途中で振り返り、水樹が足下を見る。

するとふくらはぎの辺りに、ふわふわの手がちょんちょん動いていた。

「なっ……」

二本足で立つコタロー氏を見て、水樹が絶句する。

「きゅう」

起床したコタロー氏は、客にぺこりとお辞儀して厨房に入った。

そうしてカウンターの向こうから身を乗りだし、じいっと俺たちを見つめる。

「ほら、シェフが注文を待ってるわよ」

二宮母にうながされ、俺はカウンターの席に座った。

「……みっくんも席につけよ。この店では、不快なことはなにひとつ起こらない。それは俺が保証する。そして運がよければ、みっくんの問題が解決する……」

カウンターの向こうで、コタロー氏がうんうんとうなずく。

水樹はまだ呆然としているので、俺が椅子を引いて着席させることにした。

「……さて……」

俺はコタロー氏のつぶらな目を見て、そのまぶしさにいったん視線をそらす。

伝えるべきことを考えてから、勇気を出して再び目を見た。

「……みっくんは、別に悩んでいないのかもしれない。ただ俺が、勝手に心配してるだけです。上京してから、ぜんぜん就活してないなと……」

プライドが高い人間だから、悩んでいても年下の俺には言いにくいだろう。

それがわかっているから、こちらも深くは詮索《せんさく》できない。

「……みっくんはうちに居候して、家でお菓子ばっかり作ってます。山ほどクッキーを焼いて、俺とふたりで黙々と食べて。だからそういう感じの……すいません。うまく注文できなくて……」

俺のたどたどしい注文に、コタロー氏はうんうんうんと三度うなずいた。

「『まかせて』、くらいの意味にとってね」

いつの間に起きていたのか、七里女史がキッチンの奥でくすくすと笑う。

「……ども。七里女史、先日はお世話になりました……」

「きてくれてありがとう、灰夜くん。ゆっくりしていってね」

家族以外に下の名を呼んでくれるのは、この人くらいかもしれない。

俺は少しいい気分になり、コタロー氏がなにを作るか想像する。

素朴な味のドーナツも、ハンバーグが本格的なロコモコ丼もうまかった。

月島もエビフライで感動したと言っていたし、いやが上でも期待は高まる。

が、コタロー氏は思いもよらない行動に出た。

「きゅう」

カウンターを出てきたコタロー氏が、ちょんちょんと水樹の足をつついている。

「『一緒に作ろう』ってことじゃない？　なら私も交ぜてもらおうかしら」

二宮先輩の母君が、楽しげに服の袖をまくった。

「あ、私のことは三津代って呼んでね。この店には、二宮がふたりいるから」

これは想定外だぞと思いつつ、俺は隣の席を見る。

水樹はいつの間にか眼鏡をはずし、煙が出そうなほどにレンズを拭いていた。

3

「いいじゃない。バラエティ番組の料理コーナーに番宣できた若手俳優みたい」

エプロンを巻いた水樹を見て、三津代さんがふふと笑う。

「ほめられている気がしません」

なんて言いつつ、水樹はまんざらでもなさそうだ。

キッチンに入ってからも「なぜ客が料理を作るんだ」と一悶着《ひともんちゃく》あったが、三津代さんが「みんなで作るって面白いのよ。勉強にもなるし」とうまく乗せてくれたので、ひとまず水樹は落ち着いている。

かといってコタロー氏を受け入れたわけでもないらしく、一緒に料理を作りながら正体を見極めようとしているようだ。

「水無瀬くんはお菓子作り専門？　普通の食事は作らないの？」

三津代さんに問われた水樹は、くいっと眼鏡を上げた。

「いわゆる料理はしません。お菓子作りと違って、失敗の蓋然性《がいぜんせい》が高いので」

「……むしろお菓子作りのほうが難しそうだが……」

ぼそりと出た俺の感想を、水樹は鼻で笑う。

「いいか灰夜。料理のレシピはざっくりだ。塩ひとつまみだとか、耳たぶのやわらかさだとか、あまりに感覚的すぎる。個人差を考慮していないから、できあがったものが正しいと自信を持って言えない。一方お菓子はレシピがグラム単位で丁寧に記載されているから、その通りに実行すれば写真と同じものができる」

理系っぽい物言いだが学部は文系なので、こいつの几帳面《きちょうめん》は純粋な性格だ。

「さあて、コタローさん。こんな水無瀬くんとなにを作る？」

三津代さんが尋ねると、コタロー氏は俺たちを見上げてしっぽを振った。

そうして両手を大きく広げ、ふくらむなにかを表現してみせる。

「あら。コタローさん、けっこう意地悪ね」

含み笑顔の三津代さんが、キッチンからカウンター席に手を伸ばした。

「コタローさんは、『シュークリームを作ろう』って。ちょっとばかり古いけど、レシピならこの本にも載ってるわ」

表紙に『おかしづくりのほん』と書いてある、児童向けの本だった。

ずいぶんくたびれているので、三津代さんの愛読書かもしれない。

「それじゃ、さっそく始めましょうか」

「待ってください。まだ作業工程が頭に入ってません」

水樹は受け取った本を熱心に読んでいる。

「じゃあそのまま読んでいて。お菓子作りはタイミングが命だから、こっちでいまのうちに道具と材料をそろえておくわ」

三津代さんとコタロー氏が、キッチンでぱたぱたと準備を始めた。

「バターがすでに常温であるなんて素敵」

素人にはよくわからない観点で、三津代さんが感動している。

俺はシュークリームはもちろん、ゆで卵だってまともに作ったことがない。

もっと言うと、料理をしようと思ったことすらなかった。

ひとり暮らしを始めてからでいいと考えていたからだが、いざ必要に迫られてからでは遅いような気もする。

ちょうどいい機会だし、今日は俺も学ばせてもらおう。

「まずはシュー生地ね。水無瀬くんは、コタローさんと同じようにやってみて。火釜くんは、私と一緒に薄力粉をふるいましょうか」

言われるがまま、三津代さんの横でしゃかしゃかとざるを動かす。

この作業はどういう意味があるのかと考えていると、コンロのほうからふわりと甘い香りが漂ってきた。

スツールに立ったコタロー氏が、木べらでバターを溶かしているらしい。

その隣では、水樹もやはり鍋をかき混ぜている。

「なるほど。あらかじめバターを細かく切ることで、水分の蒸発を防ぐのか」

水樹のつぶやきに、コタロー氏がうんうんとうなずいた。

意外にも、ふたりはうまくやれているらしい。

水樹は理屈屋ゆえに、理にかなっていれば文句は言わないようだ。

「そろそろいいかしら。じゃあ粉を加えていきましょう」

三津代さんと俺は、さらさらになった粉のボウルを製作班に渡した。

コタロー氏が中身を見て、うんとうなずく。

「『粉をふるうのは均一にならす意味もあるけど、全体的に空気が含まれるとふっくら焼き上がるから』――って意味の、〝うん〟だと思うわ」

「それは、三津代さんが勝手に言ってるだけじゃないんですか」

水樹がつっこむと、三津代さんは「そうね」と笑った。

小熊猫軒の常連客は、新規の客に対して懐《ふところ》が深い。

それはたぶん、自分もかつてはコタロー氏を〝疑う側〟だったからだろう。

俺はまだまだ常連とは言えないけれど、三津代さんの通訳はなんとなくあっているような気がした。

たぶん汲み取るべきはニュアンスで、きちんとした正解はないのだろう。

「そろそろ生地がまとまってきた？　じゃあボウルに移しましょうか」

三津代さんが声をかけると、両手にミトンをはめたコタロー氏が鍋を持ってきた。

「うん。水無瀬くんもいいみたいね。それじゃあ卵液を入れて混ぜましょう。コタローさん、お手本を見せて」

コタロー氏がうなずいて、小さなへらを逆手に持った。

そうしてお好み焼きでも切るように、生地を割くように混ぜている。

「なるほど。卵を生地の断面から浸透させるようなイメージか」

水樹も工程を確認しつつ、へらで生地に卵をなじませた。

その後は二回、三回と卵が投入され、次第にボウルの中身が味噌っぽくなる。

「シュー生地ができたわね。それじゃあ、冷めないうちにしぼっていきましょう。私はオーブンを予熱しておくから、火釜くんもやってみたら？」

「……シュークリームを、しぼる……？」

料理経験のない俺には、三津代さんの指示の意味がわからない。

するとコタロー氏が、ふぁさりとしっぽを振った。

「……よく見てて、的な感じですか……」

コタロー氏がうんとうなずき、先端に口金がついた袋を両手で持つ。

そのまま鉄板に敷いたシートの上で、袋をにゅっとしぼった。

すると先ほどの味噌っぽい生地が、目玉焼きの黄身くらいの大きさでまとまる。

「……これって、シュークリームのふたになるんですか……」

　俺の疑問は、水樹にふっと笑われた。

「灰夜はなにも知らないな。これがそのままふくらんで、あの大きさのシュークリームになるんだ。そもそもシュークリームの〝シュー〟とは、キャベツの意味だぞ。あの野菜のように、薄い層が重なる生地を表しているんだ」

　その雑学は有名だから知っている。

　しかし焼く前のシュークリームがこんなに小さいとは初耳、いや初目だった。

「きゅう」

　コタロー氏が俺の顔を見て、うんと一度うなずく。

「……わかりました。やってみます……」

　しぼり袋をぐいと握ると、もりもりと生地があふれた。

　卵黄サイズのコタロー氏のそれと違い、俺の生地は蟻塚《ありづか》のようにそびえている。

　加減が難しいなと水樹を見ると、ほとんどコタロー氏と同じサイズだった。

「悪いな、灰夜。僕は工程を完璧に把握しているし、コタローさんの隣で見てきちんとスキルを学んでいる」

　眼鏡をくいっと押し上げた水樹は、なんだかんだで楽しそうだ。

ついでに言うと、キッチンの隅にいる七里女史もずっとにこにこしている。

作業に一度も口をはさまないのは、なにか思うところがあるのだろうか。

「できた？　じゃあ焼いていきましょうか」

三津代さんとコタロー氏が、鉄板をオーブンへ運んでいく。

「さて。次はクリームね。種類はどうする？」

一般的にはカスタードか生クリームだが、その二種を混ぜたタイプもあるのだと三津代さんは言う。

「せっかくだから、全部やりませんか」

興が乗ってきた水樹が提案し、じゃあそれでと手分けして作業した。

「……シュークリームって、混ぜてばかりですね……」

カスタードは牛乳や砂糖が加わったくらいで、材料も作業内容もシュー生地とほとんど変わらない。

いったい人間は、小麦からどれだけのものを生みだすつもりか――。

などと感慨《かんがい》にふけっていると、オーブンのアラーム音が鳴った。

「お待たせ。生地が焼けたわよ」

三津代さんが鉄板を運んできたところ、水樹が顔色を変える。

「なぜだ……？　どうして僕の生地はふくらんでいない……？」

鉄板の上には一般的なシュークリームの形をしたものもあるが、べちゃっとつぶれた黒いかたまりも並んでいた。

後者には俺がしぼったものだけでなく、水樹のそれも混じっている。

「水無瀬くんは言ったわね。『お菓子作りは失敗しない』って。たしかにそういう見方もあるけど、私はまったく逆の意見。特にシュークリームなんて、失敗しやすいお菓子の代表だと思うわ。たとえば――」

三津代さんが自身の失敗談を語った。

こんな風に生地がふくらまないだけでなく、中が生焼けだったり、異様に固かったりと、食べることすらできないシュークリームをたくさん作ってきたと。

「でも、僕はレシピ通りにやりました。コタローさんの隣でやりかたも学びました。それで失敗したんだから、レシピのほうが間違っています」

水樹の言い分に、コタロー氏がうんうんとうなずく。

そうしてボウルをかきまぜる仕草をしたり、オーブンの前で首をひねったり、両手を広げてふくらみを表現したりなど、必死になにかを伝えてきた。

「……コタロー氏も、失敗して試行錯誤を重ねたってことじゃないか……」

俺なりの解釈に、三津代さんが「そうね」と同意してくれる。

「シュークリームはレシピ以外のコツが多いの。バターを常温にしておいたり、生地はなるべく時間をかけずにしぼるとかね。大半は温度が関係することだから、レシピ通りに作っても、コタローさんや私が手伝っても、失敗は起こりうるわ。こういうのって経験していくしかないのよ。だから水無瀬くん、最初の失敗おめでとう」

三津代さんは笑いながら、ぱちぱちと拍手をした。

しかし水樹は喜んだりしない。

「そんなの……そんなの非合理的じゃないですか！　『愚者は経験に学び、賢者は歴史に学ぶ』。失敗なんてする必要ないんです。僕はなにごとも失敗しなかった。だからお菓子作りが好きだったのに！」

「ドイツの宰相《さいしょう》、ビスマルクのものとされている言葉ね」

三津代さんが即答し、水樹が驚いた表情を見せる。

「私は思うんだけど、それってどっちも大事なことよ。歴史を知っていれば失敗は減らせるし、経験があれば歴史から学びやすい。最近の人は『気づきを得る』なんて言いかたをするけど、要するに『百聞は一見にしかず』よね」

見事な格言の切り返しに、俺も思わず手をたたいた。

おそらくはコタロー氏も、最初は七里女史から料理を教わったはずだ。

つまり歴史から学んでいたわけだが、それでも失敗してしまう料理があった。

それから試行錯誤した結果が、俺たちが食べさせてもらっている料理なのだろう。

「……みっくんが失敗を極端に恐れるのは、なにか理由があるのか……？」

俺は魔法陣事件で失敗して、自分を変える機会を失った。

これ以上に恥を重ねたくないと、人と交わることを避けた。

しかし水樹からは、その手の挫折《ざせつ》を聞いたことはない。

「そうね。失敗したことがないのに失敗を恐れるなんて不思議よね。若いのに保守的っていうか、もっと無茶していいと思うけど」

せっかく三津代さんがなぐさめてくれたのに、水樹はうつむいた。

「僕は学生です。三津代さんから見れば、たしかにまだガキでしょう。でも僕は、灰夜のようなティーンエイジャーじゃない。世間的には若いとは言えない。失敗が許される年齢ではないんです」

たかがお菓子作りでおおげさな、という話ではなさそうだ。

水樹が就活をしない理由は、おそらくそこにある。

失敗を許さない世間の圧《プレッシャー》を、水樹は自分自身にかけているのではないか。

「若さって、年齢じゃなくて経験のことよ。よくいるでしょう。いい歳して子どもっぽい大人。ああいうのは、それまでの人生でまったく挑戦をしてこなかった人。このままだと、水無瀬くんあれになっちゃうわね」

誰しも周りにそういう人間がいるだろう。

水樹も思い当たったのか、ますます顔色が悪くなっている。

「……歴史から学んだゆえになにもしない賢者……か。ふっ……俺にはそいつが、愚者より愚かな存在に思えるがね……」

「灰夜、ちょっと黙っててくれ」

「……あっ、はい……」

かなり核心をついたと思っていたので、俺はしょんぼり肩を落とした。

「そろそろ、生地もクリームも冷めた頃あいよ。まずはシュークリームを仕上げちゃいましょう」

三津代さんにうながされ、俺たちは作業を再開する。

まずはコタロー氏が、作ったシュー生地の上の部分をカットした。

そこにスプーンでこてこてと、みんなでクリームを入れていく。

焦げてぺしゃんとなった生地も、できる限り食べられるように手を入れた。

「それじゃ、いただきましょう」

コーヒーや紅茶など、めいめいが好みのドリンクを作って試食会が始まる。

「……うまっ……」

ひとくち食べて、意外なうまさに俺は目を見開いた。

生地とクリームだけの生菓子だから、なにがいいとか悪いとかはない。

けれどいままで食べたどのシュークリームより、この味がうまいと感じる。

「……なんで、こんなにうまいんだ……？」

「火釜くんがそう感じるのは、最後まで自分たちで一生懸命作ったから……って言いかたはさすがに陳腐《ちんぷ》ね。要するに、ハードルが下がったのよ」

娘の二葉さんと同じく、三津代さんは目を閉じ幸せそうに食べていた。

「たしかに……予想よりもずっとうまい」

水樹もクリームがついた口角を上げている。

「うまく感じると言うべきなんだろう。プロでない自分たちが作ったから、期待値は最初から低い。だからこのシュークリームは、容易にハードルを越えられた。失敗したものすらうまく感じるのは……そうか」

水樹が眼鏡をはずし、レンズを拭き始めた。

「僕は……失敗したくなかった。失敗せずに生きる方法が、世の中にはたくさんあふれている。現在の就職活動は情報戦で、自分がどの程度の能力を持ち、どの企業に就職できるかを容易に推し量れる。無理とわかっている会社を志望する意味はない。かといって、自分のレベルで就職できる会社にも興味がない。だから僕は……」

「なんにもできなくなっちゃったのね。わかるわ」

三津代さんが、水樹に共感を示した。

俺は「眼鏡は拭くのに口元のクリームは拭かないのか」とつっこみたいが、空気を読んで耐えている。

水樹を見上げるコタロー氏も、目がクリームに向いている。

「僕の専攻は教育心理です。でも教育者になりたかったわけじゃない。大学院に進んだのも、就活の失敗を避けたからです。でもロスタイムももう終わり……僕は、なんでこんな話をしているんだ……」

拭き終えた眼鏡をかけ直すと、水樹はとたんにいつもの顔に戻った。

「水無瀬くんって、私の友だちに似てるわ。ひねくれてるのに純粋で、理屈屋のくせに怖がりで。まあ彼はまだ中学生なんだけど」

三津代さんが水樹の口元をタオルで拭った。

俺とコタロー氏が、人知れずほっとする。

「水無瀬くん。あなたが〝失敗したくない〟って強く思うのは当たり前よ。だっていまはそういう時代で、社会をそんな風に変えてしまったのは私たちの世代だから。ですよね、先生」

三津代さんが、七里女史にバトンを渡した。

「そうね。先生たちの時代には、情報というものがなかったわ。だから歴史から学ぶこともできなくて、失敗する人が多かった。その反省を活かして、先生たちは後世に情報を伝えようとした。文書やお説教やインターネットでね。その結果、いまの社会には情報があふれすぎて、失敗できない時代になっちゃったのよ」

七里女史は、やはり年齢の割に肌感覚がアップデートされていると思う。

「きゅう」

かすかにコタロー氏が鳴いたようだが、俺以外は誰も気づいていない。

コタロー氏は短い腕を組み、なにか考えこんでいるように見えた。

後世に情報を伝えることについて、なにか思うところがあるのだろうか。

とりあえず、俺も従兄弟として水樹をフォローしておこう。

「……失敗ができない……か。たしかに俺たちは、いつも検索しているな……」

昔のようにウェブなんて見ず、リアルを伝えるハッシュタグで。

上っ面の情報にだまされない知識も、俺たちは歴史から学んでいる。

「……スマホで調べればすべての答えがわかる。だから俺たちは、人生という旅路で迷わない。迷うことができない。俺たちは昔の人間よりも利口で、〝バカ〟をするとどうなるか知っている。道をはずれたら、吊し上げられ石を投げられる……」

だからすべてをうまくやろうとして、ずっと安全圏にいる。

なにがあるのかわからない未知の世界なんて、踏みこむ意味も勇気もない。

「私たちからしたら考えすぎって思うけど、それは転んでも案外平気ってことを知ってるからよね」

それだけ三津代さんたちの世代は、失敗をするチャンスがあったのだろう。

「だからミスが許されないプレッシャーを感じている人たちには、シュークリームを作りなさいって教えてあげたいわ。シュークリームはすごくシンプル。毎回同じものが作れなかったりするけれど、その失敗も楽しめる料理だからね」

三津代さんの言葉に、コタロー氏がうんうんとうなずく。

「失敗を楽しむ……か」

水樹が眼鏡を押し上げてふっと笑った。

「僕のぺしゃんこシュークリームも、決して悪い味ではなかった。そのとき思ったんです。次はうまく作ってみせると。失敗から学んでしまったんですよ、僕は」

我慢できないというように、水樹がくすくす笑いだす。

「失敗したのに、いまとてもいい気分です。僕は二十歳になったとき、自分があまりに子どものままでおびえました。社会に出るのが怖くなり、逃げ続けて年齢だけを重ねました。もっと早く失敗していればと思いますが、いま気づけただけでもラッキーなのかもしれませんね」

水樹の述懐《じゅっかい》に、「それはどうかしら」と女性ふたりが声をそろえた。

「自分が子どもって感覚は、三十でも四十でも、母親になってもあるわよ」

「そうね。五十でも六十でも、大病で入院しても思ったわ。たぶんこの先も」

俺からすると途方もなく大人のふたりが、真顔でそんなことを言う。

「実際に先生も、二十歳の頃には水樹くんと同じことを思ったわ。先生が子どもの頃に二十歳だったおねえさんと比べると、自分が幼すぎるって。でも戦争は終わったし、時代は変わったのよ。寿命も延びたんだから、大人の定義も変わって当然。おばあちゃんぽい言いかたになるけど、いまの二十代なんて本当に子どもなのよ」

俺のような高校生は、ときに大人、ときに子どもとして扱われる。

しかし水樹くらいになると、たとえ学生でも社会は大人と見なすだろう。

失敗を恐れる子どもが大人扱いされるのだから、萎縮《いしゅく》するのも当然だ。

だからコタロー氏の料理で心は解きほぐれても、水樹は行動を起こすまではできないかもしれない。

ひとりで上京した水樹には、俺を引っ張ってくれた月島のような友人もいない。

「コタローさん。僕に料理を教えてもらえませんか」

いきなりなにを言うんだこいつはと、俺は水樹の顔を見た。

すると照れくさそうに眼鏡を押さえ、あの偏屈男が笑っている。

「動機は不純です。僕は料理で失敗して、失敗することを恐れないようになりたい。僕が仕事を手伝いますから、合間に手ほどきをしてください」

最初はコタロー氏どころか、水樹は小熊猫軒そのものを否定していた。

それが一緒に料理をしたら、数時間でそちら側になってしまった。

あらためて、小熊猫軒の魔法を実感させられる。

同時に、水樹の就活は大丈夫だと確信した。

安全圏から未知の世界へ、こいつは自分から一歩を踏みだしたのだから。

しかし肝心のコタロー氏が、まるでうなずいてくれない。

コタロー氏はぽけっとした平和な顔で、水樹を見上げている。

「……みっくん。もっと素直というか、子どもらしく言ってみたらどうだ……」

俺が助け船を出すと、水樹は眼鏡に手を当て熟考モードに入った。

一分後、水樹がすちゃっと眼鏡の位置を直す。

「シュークリーム、うまかた。料理、僕、コタローさん、一緒に、作る」

「……いやカタコトって意味じゃないが……」

しかし今度は伝わったようで、コタロー氏はうんうんうなずいてくれた。

4

「はっつくパンツか、ひっつくパンツか、くっつくパンツか、むかつくパンツか」

自分に自信を持つためには、成功体験が必要だと思う。

小熊猫軒の常連客である二宮先輩は、それがわかっていたのだろう。

先輩は俺が踏みだす最初の一歩として、コミュ力ゼロの人間でも比較的なんとかなりそうな文化祭の実行委員を勧めてくれた。

その成果が上々というのは以前にも言ったが、そこで俺は小さな自信を得た。

次なる一歩として、さんざん月島にうっとうしいと言われた髪を切った。

いままでは他人の視線をブロックするために必要だった前髪も、人前に出ると決めた俺には必要ない。

「どっちかっつーとこっち。どっちかっつーとこっち。どっちかっつーとこっち」

俺は脱衣所の鏡の前で、ビートを口ずさむ。

先の人生で後悔しないため、俺は文化祭でステージに立ちたいと思った。

それを月島に話したら、〝ビートボックス〟というものを教わった。

厳密には異なるが、口だけでドラムを演奏する〝ボイスパーカッション〟に、ベースやほかの音源も足したものがヒューマンビートボックスだ。

ビートボックスに必要な機材は、基本的にはマイクだけ。

そして俺のように楽器に興味がなくても、立派に〝演奏〟ができる。

動画サイトをあさって見よう見まねで練習し、あるときクラスで披露した。

そこそこ受けたので、俺は俄然《がぜん》やる気になった。

しばらく練習と実演をくり返していたら、いきなり学校で囲まれた。

明らかに校則を逸脱した髪型の、上級生たちに。

あ、これ調子に乗ったからシメられるやつだ――。

俺は即座に、コタロー氏譲りの威嚇ポーズを試みた。

まあ人間なので、〝降参〟を意味するわけだが。

しかし俺が「ひい」とかかげた手に、先輩たちは「ウェーイ」と拳を当てる。

どうもこの上級生たちは、ダンサーさんであるらしい。

部の所属ではなく有志のグループで、学園祭でもステージに立つそうだ。

そこで一年に面白いビートボクサーがいると聞き、一曲コラボしようぜと誘いにきたらしい。

そんなわけでステージ出演が決まった俺は、毎日練習に余念がない。

魔法陣事件で地の底を這いずっていた頃からすれば、いまや手の届かない雲のような位置に自分がいる。

やはり大事なことは、成功体験の積み重ねだ。

しかし逆に、失敗して成長していくという変わった人間もいる。

俺の従兄弟の、水無瀬水樹だ。

水樹がコタロー氏に弟子入りを志願してから、今日でそろそろ一ヶ月。

この件に関しては、いいニュースと悪いニュースがある。

いいニュースは、水樹は順調に失敗を重ねて料理の腕を上げた。

自分の代わりに甥っ子が夕食を用意してくれるので、母はめっぽう喜んでいる。

まあこれは、どうでも〝いい〟ニュースだったかもしれない。

さておき悪いほうのニュースだが、水樹の就活はまだ終わっていなかった。

「失敗してもいいと考えると、欲が出てきたんだ」

本人曰《いわ》くそういうことらしいので、ポジティブではあるらしい。

「灰夜、いたのか。風呂もらうぞ」

噂をすればというやつか、脱衣所のドアを開けて水樹が入ってきた。

「……みっくん、お帰り。遅かったな……」

「ああ。小熊猫軒は、僕にとって居心地がいいんだ。大学では最年長のプレッシャーがあったが、あの店では安心して教わる側になれる」

たいていの人間は子ども扱いされると怒ると思うが、いまのこいつは逆らしい。

「ただ、最近になって僕よりも〝下〟が入ったんだ」

その言葉が意味するところを、俺はたぶん知っている。

夏の終わりに、俺は月島と小熊猫軒を訪れた。

そのとき偶然、山中でコタロー氏に会っている。

声をかけると氏は逃げだしたが、茂みの中にはまだ別の生き物がいた。

俺たちはそいつをコタロー氏の子どもだと思ったが、あとで考えると四本足なだけで顔はまったく別物だった。

この件について、俺は誰にも話していない。

コタロー氏は自称人間なのだから、悩みのひとつやふたつはあるだろう。

もちろん力になりたいとは思うが、それができる人間は氏の周囲に大勢いる。

だったらコタロー氏が自分から誰かに頼るまでは、そっと陰から見守る。

それが、俺にできる恩返しと考えたからだ。

「……そうか。コタロー氏は、やっとみんなに言えたんだな……」

「灰夜。おまえは〝ときん〟のことを知っていたのか」

「……うん？　いや、どうかな……」

あいつは、ときんと名づけられたらしい。

あのとぼけた顔には、なかなか似あう呼び名だと思う。

「……わからないが、会ってみたいな。ときんに……」

最近はビートボックスの練習が忙しく、店には顔を出せていない。

一段落して小熊猫軒に行くことが、俺はとても楽しみだった。

木見木山はラタトゥイユを食べ山を駆け下りる

Koguma nekoken

1

僕のＳＮＳにつく「いいね」の数は、フォロワーのわりに多くない。

理由はまあ、わかっている。

アップしたお菓子写真はそれなりに映《ば》えていると思うが、投稿時の文章があまりよろしくないのだろう。

たとえばある日の僕のポストは、こんな具合だった。


（手作りブラウニーの画像）

❤いいね！　midori-sand ほか7件

waterwater 子どものなりたい職業ランキングには、夢があふれている。
人気があるのはプロスポーツ選手に動画配信者、ゲームクリエイターにイラストレーターといった、他者に夢と感動を与える仕事だ。

しかし大人になるにつれ、幼い頃に抱いた夢は枯れていく。
夢を売る仕事の人間たちは、ＳＮＳでは夢のある話をしてくれない。
そこらの一般人と同じような、愚痴や厳しい現実ばかりをつぶやく。
だから僕たちの世代は、大物に憧れず小さくまとまろうとする。
夢がない。
やりたいことが見つからない。
こんな時代に生まれれば、そうなってしまうのもしかたがない。
実際に、憧れの職業に就いている人間は十パーセント以下というデータもある。
では幸運にも、夢を見つけられた人間はどうか。
僕にはささやかだけど夢がある。
しかしそれをかなえようなど、大それたことはとても思えない。

＃憧れはあくまで憧れ
＃現実を見ろと社会はささやく
＃子どもじゃないんだから
＃いい大人なんだから

#フレッシュな新卒に即戦力を期待
#校則で禁止の化粧が卒業したら必須
#ダブルスタンダードの狭間から
#就活生とつながりたい
#院生は新卒じゃない定期

水無瀬《みなせ》水樹《みずき》という本名から取った〝waterwater〟というアカウントは、ネイティブ風に発音すると〝ワラワラ〟となる。

しかし僕の投稿は暗すぎて、とてもじゃないが笑えないとコメントされがちだ。

こんな風に大人は汚い、大人になりたくないという文章を書くのは、典型的なパーソナリティ障害――ピーターパン症候群の兆候と言える。

僕の立場では、医学的に認められていないこの用語を使うべきではない。

そもそも僕は、幼少期にいじめや虐待を受けた経験はないし、これっぽっちもナルシストではないし、両親からだってずいぶん愛されてきた。

ゆえに現代におけるピーターパン症候群は、リアルやネットを問わずプレッシャーに過度にさらされた、〝被害者〟をさす言葉だと考えている。

とはいえ最近の僕は、〝ワラワラ〟とはいかないまでもそれなりにポジティブな発言ができるようになった。

趣味だったお菓子作り以外の料理もたしなむようになり、さまざまな〝気づき〟を得たからだろう。

それもこれも、すべて師匠であるコタローさんのおかげだ。

僕は小熊猫軒《こぐまねこけん》という西洋料理店に、ほとんど毎日通っている。

その目的は食べることではなく、作ることだ。

小熊猫軒は高尾山のふもとにあって、人里からは目立たない。

営業日も決まっておらず、オープン時間もまちまちだ。

僕は従兄弟の灰夜《はいや》に連れてこられたのがきっかけで、この店のシェフ――コタローさんに師事することになった。

といっても、将来料理人になるつもりはない。

「こんにちは」

今日も昼頃に小熊猫軒を訪れると、僕はオーナーとシェフに挨拶した。

「こんにちは、水樹くん」

「きゅう」

あとはエプロンを身につけて、コタローさんの仕事をそばで眺める。

もちろん授業料代わりに手伝いはするれど、僕は従業員ではない。

そもそも小熊猫軒には、コタローさん以外の従業員がいない。

オーナーの七里さんは病み上がりなので、厨房には立たずいつもキッチンの隅でにこにこしている。

だからエプロンを身につけてお客さんに給仕するのは、そのお客さん自身だ。

ここまででも、小熊猫軒は十分におかしな店と言えるだろう。

しかしこの店で一番変わっているのは、料理人であるコタローさんだ。

なにしろ挨拶が「きゅう」なくらいで、コタローさんは人間ではない。

二本足で立ち、コック帽をかぶり、お客さんの注文にうなずきはする。

しかしその姿は、どこからどう見てもレッサーパンダだ。

なぜレッサーパンダが料理をするのか。

この件については説明が難しいので、いったんペンディングしよう。

ともかく小熊猫軒はこんな店なので、お客さんは基本的に常連が多い。

一番来店頻度が高いのは、三十代半ばの六日町《むいかまち》医師だ。

六日町先生は七里さんの主治医で、細身の大食漢でもある。僕が見よう見まねで作った料理にも、忌憚《きたん》ないというか容赦ない感想をくれるありがたいお客さんだ。

次に顔を見るのは、灰夜の学校で教師をしている日南《にちなん》さんだろう。僕は同い年なので〝さん〟づけだけれど、「日南先生」とか「なのかちゃん」とか人によって呼びかたは違う。

日南さんは食事にきているというより、コタローさんに会いにきているらしい。先日もシェフの前に陣取って、なにかひそひそ話していた。たまに耳をそばだてると、「案外頑固だねぇ」などと聞こえる。なんの話をしているのかはわからないが、日南さんと話すコタローさんは腕組みして考えていることが多い。

六日町医師や日南さんと同じ頻度で現れるのは、木見木山《きみもくざん》先生だ。木山先生はオーナーの七里さんよりも年配の男性で、いつも和装でやってくる。なでつけた髪こそ白いが、肌つやはよく口調も洒脱《しゃだつ》で若々しい。

常連客たちは親しみをこめて「木山先生」と呼んでいるが、木山先生は医師でも教師でもなく書家《しょか》だ。

オーナーの七里さんも元教師で、一人称が「先生」だったりする。

現役教師の日南さんはもちろん「先生」で、六日町医師も職業柄「先生」と呼ばれるため、小熊猫軒はちょっとした職員室状態だ。

なぜ世の中には、こうも先生が多いのか。

まあ木山先生は半分アーティストだし、六日町医師も教育者ではない。

それでも立場的には、ふたりとも〝指導者〟と言えるだろう。

僕は教育心理を専攻しているが、教師だけには絶対なりたくない。

語弊《ごへい》があるかもしれないが、臆面《おくめん》もなく人を導くなど無理だ。

僕は、ずっと教わる側でいたい。

自分のことすら覚束《おぼつか》ないのに、他者に責任を持ちたくない。

こんな思いを打ち明けると、常連客の二宮《にのみや》三津代《みつよ》さんからこう言われた。

「それでいいんじゃない？　たとえばね、男の人はみんな、『女は花が好き』って思ってるでしょ。実際に好きな人も多いけど、私はまったく興味がなかった。でも四十歳をすぎた頃、初めて花の香りに心を引かれたのよね」

そこでやっと大人の女になれた気がしたと、三津代さんは実感をこめて語る。

「まあそう思ったきっかけは、本物の花じゃなくて入浴剤なんだけど」

最後に見事なオチまでつけて。

三津代さんは教師の類ではないが、僕が初めて小熊猫軒を訪れた際に生きやすい考えかたを教えてくれた人だ。

最初はただのおばさんと侮《あなど》っていたけれど、僕よりもよほど人生を知っている。

そんな三津代さんですら自分に自信を持てないのだから、誰もが案外おっかなびっくりで大人をやっているのかもしれない。

実年齢と精神年齢のギャップに苦しんでいるのは、僕だけではないのだ。

たとえばいまカウンターに座っている少年も、そうかもしれない。

「ぼくの名前は豊《とよ》四《し》季《き》風《ふ》王《おう》です。中学一年です。コタローさんの作るハンバーグを食べて、この店のファンになりました」

風王くんは最年少の常連客で、かなり達観した中学生だ。

なにごとにも意見が言える知識があり、自分でものを考える知性もある。

見た目はずいぶんとあどけないけれど、彼は僕よりも大人かもしれない。

そんな風王くんの隣にいるのは、最年長の書家・木山先生だ。

本日の来店客は、最年少と最年長のこのふたり。

そしてなぜか、シェフのコタローさんがいない。

いつもは誰より早くきてコーヒー豆を焙煎したり、二階に住んでいる七里さんを起こしたりしているのに、今日は僕がくるまで看板も出ていなかった。

七里先生もこんなことは初めてらしく、キッチンの隅で首をかしげている。

そんなわけで、いま動ける人間は僕だけだ。

なにもしないのもどうかと思うので、客のふたりにドリンクは出している。

けれど僕には、間をもたせる技術なんてない。

ゆえに初対面の常連ふたりは、互いに自己紹介を始めていた。

「木山先生は、誰の紹介で小熊猫軒にきたんですか」

風王くんが問いかけると、木山先生は「紹介はされてないですね」と答えた。

「この店はわかりにくい場所にあるんで、基本はホストがゲストを連れてくる感じなんでしょうね。でもあたしは、ふらりと勝手にきたんです。しいて言えば、コタローくんに誘《いざな》われましたよ」

興味深いと、僕は眼鏡の位置を直した。

木山先生が言ったように、多くの客はどこかでつながっている。

僕の知っている範囲では、大学生の一ノ関《いちのせき》くんから始まり、その後輩だった高校生の二宮二葉《ふたば》さん、そのお母さんで主婦の三津代さん、といった具合だ。

「コタローさんに誘われた、ですか」

「ええ。あたしは山を散歩する習慣がありましてね。そこであるとき、タヌキを見つけたんです。そこらにいるのと違って、ひょこひょこと二本足で歩くやつですよ」

その光景が容易に想像でき、僕と風王くんは忍び笑う。

一応は東京《とうきょう》であるけれど、この辺りは僕の育った愛媛《えひめ》と景色も変わらない。当然タヌキも当たり前にいて、猪《しし》や熊がいないのが不思議なくらいだ。

まあ二本足で歩くタヌキは、どんな山にもいないだろうが。

「あたしもね、いよいよ焼きが回ったかと思いました。とはいえ、タヌキに化かされるならそれもまた一興です。そんな気持ちであとをつけたら、タヌキが白い建物に入っていきました。そこで勇気を出して、ドアを開けた自分をほめたいですね。おかげでコタローくんがタヌキではなくレッサーパンダの料理人とわかり、こうして素敵なオーナーにも出会えたわけですから」

七里さんが、くすくすと愉快そうに笑う。

「やあねえ。素敵なんて言ってくれるの、木山先生だけよ」

「いやいや。あたしがあと十歳若ければ……おっと、忘れてください」

木山先生は、若い頃には相当モテたとわかる風貌《ふうぼう》だ。

ありきたりなリップサービスでも、女性は悪い気がしないだろう。

「まあそういうわけでしてね。あたしはコタローくんの料理に感激して、こうして日参しているわけです。といっても、ひと月ほど前からの新参者ですがね」

僕はその様子を間近で見ていたが、木山先生は度量が広いというか、器が大きいというか、「面白い」と、すぐにコタローさんを受け入れていた。

「今度はあたしがうかがいましょう。風王くんは、どんな案配でしたか」

「ぼくも、木山先生と似ていますね」

これまた興味深いと、僕は再び眼鏡を押し上げる。

「ぼくは去年、山の中で三津代さんと会ったんです。三津代さんはご存じですか」

「ええ。あの人もほっそりした魅力的な女性ですね」

このふたりは面識がなかったけれど、小熊猫軒の輪はそれほど大きくない。

僕や木山先生は毎日お店に通っているので、大半の常連には会っている。

「三津代さん、人がよすぎるんですよ。ぼくに山の中で遊んでいたら危ないよって、普通に声をかけてきたんです。いまの時代、知らない子どもに近づくのは大人にとってリスクしかないのに」

たしかに僕だったら、気になっても声をかけないかもしれない。

「ああ、いまはそういうご時世ですね。年寄りとしては思うところもありますが、ひとまず続きをうかがいましょう」

善意で近寄ったつもりでも、警察を呼ばれてしまうケースはある。

昔の人情を知っている世代はさびしく思うだろうが、これは子どもたちの安全を守るためには必要な文化の刷新《さっしん》だ。

「だから最初は、三津代さんをリテラシーの低い人と判断しました。でも実際に話してみたら、かなり頭がいい女性と判明したんです。ぼくにはそれが不思議でした。頭がいい人間はリスクを冒さない。じゃあなんで三津代さんはぼくに声をかけたのか。その答えこそ、愛だったんです」

風王くんは「愛」を多用するので文意が汲み取りにくいが、要は三津代さんが根っからの善人と言いたいのだろう。

まあキッチンから見る限り、この店の客はみんな人がいい。

「そして小熊猫軒に連れてこられて、ぼくもコタローさんと会いました。最初は非常識すぎてすべてを疑いました。でも渋々にごはんを食べたら素直になって、そのとき直面していた問題を話してしまったんです。そしてコタローさんを始めとしたみなさんのおかげで悩みは解決し、いまに至ります」

風王くんは理路整然と説明を終えた。

「ほう。問題を解決ですか。あたしにはない経験ですね」

木山先生が、一瞬だけ視線をカウンターに落とした。

それを風王くんは見逃さない。

「なにか、お悩みがあるんですか」

「……いや、あたしに悩みはないですね。この歳でも楽しい人生ですよ」

「その口ぶりだと、近しい間柄の人に……すみません、詮索しすぎました——」

中学生でこの対応とは、この子はどこまで人間ができているのか。

そう思ったときだった。

「——子どものぼくでは力になれませんが、ここには優秀な院生もいるので、つい」

いきなり流れ弾が飛んできて、僕はおおいにうろたえる。

「い、いや、困るよ風王くん。僕なんてまだ就職も決まってないし……」

たしかに勉強はがんばってきた。

それが現代人にできる、一番簡単な努力だからだ。

しかしコミュニケーション能力やメンタルを養ってこなかった僕は、間違いなくこの場で一番〝先生〟から遠い存在と言える。

「なんにせよ、ここはレストラン。まずは食事を作らないとね、水樹くん」

逃げようと思ったら、今度は七里さんに退路をふさがれた。

「むっ、無理ですよ！　趣味で教わっているだけで、僕も客なんですから……木山先生も風王くんも、『おなかが減ったよう』って目で僕を見ないでください！」

無茶振りの連続に、早くきてくれコタローさんと叫びかける。

すると願いが通じたのか、店のドアがゆっくりと開いた。

「ああっ、いいところへ！　遅かったじゃないですかコタローさん……あれ？」

店内に入ってきたのは、まぎれもなくコタローさんだ。

しかし直立するレッサーパンダの後ろには、隠れるように別の生き物もいる。

「そのこげ茶色のおチビさんは、コタローくんのお子さんですか」

木山先生の問いに対し、コタローさんがうんうんうなずいた。

四本足のその動物は、たしかに小さなコタローさんといった姿をしている。

「いえ。体色も顔つきも、レッサーパンダじゃないです。しっぽにはしましまの模様があるから、タヌキでもないと思う。たぶん、アライグマじゃないかな」

風王くんもなかなか動物に詳しいらしい。

しかし一点見落としていると、僕は眼鏡を押し上げる。

「種子骨《しゅしこつ》と呼ばれる骨を足せば、レッサーパンダは指が六本になります。アライグマの場合は五本です。その子は四本しか指がないので、尾の配色が珍しいタヌキじゃないでしょうか。いつもなら僕たちが『タヌキ』と口にするだけで怒るコタローさんも、いまは威嚇のポーズを取っていませんし」

観察からの推理を披露すると、木山先生が「いやはやお見事」とうなった。

「ぼくもレッサーパンダの種子骨は知っていましたが、その子の小さな手までは見えませんでした。さすがですね、水無瀬さん」

風王くんにまでほめられて、なんだか恥ずかしくなってくる。

「まあタヌキだってキツネだって歓迎するわよ。だって、コタローが初めて連れてきたお客さんだしね。ほら、こっちへいらっしゃい」

七里さんがキッチンの隅で手招きすると、コタローさんがぺこりとお辞儀した。

「……きゅう」

この申し訳なさそうな鳴き声は、たぶん出勤が遅れたお詫びだろう。

コタローさんの人間的なコミュニケーションにはもはや驚かないが、その後に起こったことに僕たちは仰天する。

「にい」

コタローさんの陰にいた子ダヌキも、こくんと頭を下げたのだ。

四本足でちょこちょこ七里さんに近づき、「こんにちは」というように。

「きゅん」

そんな音が鳴ったかは定かでない。

しかし子ダヌキの愛くるしさに、僕たちは老若男女《ろうにゃくなんにょ》を問わず骨抜きにされた。

2

「水無瀬くんは動物に詳しいようですが、専攻はそちら方面ですか」

好々爺《こうこうや》の顔でキッチンの子ダヌキを見つめ、木山先生が聞いてきた。

「いいえ。専攻は教育心理です。僕が動物に詳しいのは、子どもの頃に家族で動物園に通っていたからです」

僕が四歳だった頃、飼っていた猫が亡くなった。

あるとき動物園で、猫と似た声で鳴く動物――レッサーパンダを見つけた。

にぃうと甘えた声で鳴くレッサーパンダに、僕たち家族は愛猫《あいびょう》を思いだした。

それからは頻繁《ひんぱん》に動物園に通い、猫の思い出を語りあった。

「いわゆるペットロスの状態を、僕たちはレッサーパンダと出会ったことでうまく生活に溶けこませたんです。動物の知識はそのときの副産物ですね。だから表面上は常識的に振る舞っていましたが、僕は初めてコタローさんに会ったときから多大な親近感を抱いていました」

「あら。すまし顔でいきなりコタローに弟子入りを志願したのは、シュークリームで釣られたわけじゃないのね」

腑に落ちたという七里さんに、僕は照れくささとともに会釈する。

正直なところ、レッサーパンダは子どもの頃から僕のアイドルだ。

もちろんいまでも好きなので、料理以外の下心もあったことは否定できない。

「ではそんな動物好きの水無瀬くんは、この状況をどう見ますか」

「すみません、木山先生。こっちが聞きたいです」

なにしろ子ダヌキが、さっきから僕のあとをついて回るのだ。

調理を始めたコタローさんを手伝おうと、僕は食器棚や冷蔵庫を往復していた。

すると背後からぴとぴとと、子ダヌキが四本足でついてくる。

振り返って顔を見ると、びくりとしつつも逃げようとはしない。

意味不明すぎてコタローさんに説明を求めた。

しかしいつものようにうなずくだけで、シェフは身振りも手振りもしてくれない。

「ぼくが思うに、兄弟子《あにでし》から学ぼうとしているんじゃないでしょうか」

「あっ、兄弟子っ⁉」

風王くんの推測に、僕は素《す》っ頓狂《とんきょう》な声を上げる。

「この子ダヌキがお客さんだったら、コタローさんはぼくと木山先生の間に座らせると思います。キッチンに案内したということは、労働力として考えている可能性が高いんじゃないでしょうか」

「それは一理ありますね。水無瀬くんはコタローくんの一番弟子です。師匠が稽古《けいこ》をつけてやるのは最後だから、まずは兄弟子から学べというところですか。いやはや、古風なお師匠さんですね」

他人事《ひとごと》なのをいいことに、風王くんと木山先生はにやにや笑っている。

「いや、弟子とか、そんなの、無理ですよ」

僕はしどろもどろで子ダヌキを見た。

いつでも生徒でいたい僕のような人間が、人に、いやタヌキだけれど、どっちにしろなにかを教えられるわけがない。

「だったらぼくたちお客としては、注文するのがマナーですよね」

風王くんが声をかけると、コタローさんが目を輝かせてうなずいた。

「ええと、そうだな。木山先生は、心の奥に気がかりがあるようです。でも先生は普段からコタローさんの料理を食べていますよね。なのに胸の内を話さないのは、それが自分のことではないからだと思います」

風王くんの推測に、木山先生が顔をしかめた。

「あいたたた。痛いところを突いてきますねえ」

「すみません。無理に話させたいわけではないんです。昔から袖触《そでふ》れあうも多生《たしょう》の縁《えん》と言いますし、先生のお心を少しでも軽くできたらなと。ぼくたちは小熊猫軒に救われてきたので、その恩返しをしたいんです」

百点満点で、百二十点の回答だと思う。

普段から他人に劣等感を抱くことは多いけれど、中学生にここまで差を見せつけられると虚勢を張ろうとも思えなかった。

「風王くんは、なんでそんなに立派なんだ……」

思わず賛辞を送ると、少年は珍しく顔を赤らめる。

「立派だなんてそんな……ぼくはただ、みなさんのような人生の先輩から学び、愛について考え続けているだけです」

「風王くんは将来、国を動かすような大人物《だいじんぶつ》になるかもしれませんね」

木山先生が、はっはと楽しげに笑った。

そうなったら風王くんも政治家、ひいては先生と呼ばれるようになるだろう。

先生という言葉には、もはや「先に生まれた」という意味はない。

老若は関係なく、なにかに長《た》けた人物への敬称に近い印象だ。

そんな人種が小熊猫軒に多いのは、なんとなく意味がある気がする。

「きゅう」

コタローさんが、子ダヌキに向かって鳴いた。

すると子ダヌキが二度うなずき、僕の足にがしっとつかまってくる。

「なっ、なんだっ？」

振り落とそうとなんてしていない。

なのに子ダヌキはズボンに爪を食いこませ、必死にしがみついてくる。

噛もうとか、遊ぼうではなく、「見捨てないで」というように。

「水樹くんは、就職が決まったらいったん大阪に帰るんでしょう？」

七里さんの質問は、子ダヌキとまったく関係なかった。

「そうですね。論文の作業も残っているので、大学に戻ります」

僕は愛媛に生まれ育ち、大阪の大学に進学した。

夢は子ども向けの図鑑製作で、就職は都内の学術系出版社を志望している。

失敗を恐れていた僕の就活は、いまだ一進一退だ。

けれどいい結果が出れば、火釜《ひがま》家での居候生活は終わることになる。

「このお店がまだ熊猫軒《くまねこけん》だった頃はね、先生が料理をして、コタローはお手伝いをしてくれていたの。でも体を壊してからは、コタローが料理で先生はお手伝い。いまはそのお手伝いも、お客さんや水樹くんがほとんどやってくれる。先生は楽ちん」

「お手伝いといっても、僕は皿洗いとゴミ捨てくらいしか――」

そこでコタローさんが料理の手を止め、僕を見てこくこくとうなずいた。

「そういう……ことか……」

僕はコタローさんの思いを理解した。

たったそれだけの手伝いでも、七里さんの負担は減っている。

そのことを、コタローさんは喜んでくれていたのだろう。

けれど僕が大阪に帰ってしまえば、また七里さんが働くことになる。

「だからコタローは、水樹くんの後釜としてその子を連れてきたんだと思うの。逆に言えば、その理由がないと先生に会わせられなかったのかもね」

理屈は理解できたけれど、納得はできない。

「でもそれだったら、コタローさん自身が子ダヌキに教えるべきだと思います。僕の料理はお客さんに出せるレベルじゃありませんし……」

コタローさんは、七里さんの負担を減らしたい。

僕だって、お世話になったシェフには恩返ししたい。

けれど残念ながら、僕はタヌキとコミュニケーションなんて取れない。

「ぼくの推測ですが、コタローさんはその子に料理に教えないと思います」

風王くんが僕の足下を指さした。

「コタローさんが人並み以上に料理をできるのは、一本多い指が関係していると考えられます。それが二本も少なく、かつ二本足で歩くこともできない子ダヌキでは、料理はとうてい無理でしょう。だからコタローさんは、その子をお手伝い専門にするつもりだと思います」

指の数は僕が指摘したことなのに、どうして気づけなかったのか。

「でしょうねえ。コタローくんが子ダヌキに皿洗いやゴミ捨てを教えていたら、あたしらはいつまでたっても食事ができません。ここはひとつ、兄弟子の気っぷのいいところを見せてほしいものですね」

木山先生の意見はもっともだ。

しかし客でしかない僕は、子ダヌキになにかを教える義務はない。

けれどコタローさんには恩義を感じているし、力になりたいとは思っている。

そして子ダヌキは、僕に教えを請おうとしている。

コタローさんもおそらくは、子ダヌキが仕事を覚えることを望んでいる――。

「……さ、皿洗い、やってみようか」

僕はびくびく覚悟して、足下にすがる子ダヌキに触れた。

誰かを導きたいと思えたのは、たぶん生まれて初めてだろう。

自分が一番下だと感じているような子ダヌキの目は、昔の僕と同じだ。

「じゃあまずは……そうか。名前がないと、ちょっと困るな」

きょとんとしている子ダヌキを見て、どうしたものかと思案する。

「『ラブ』、とかどうですか。雄でも雌でもいけますし」

風王くんが直球を投げてきた。

「いい名前だと思うけど、コタローさんとテイストが近いほうが子ダヌキも喜ぶんじゃないかな」

「じゃあキンタローはどうかしら。今日は祝日だけど、金曜日でしょう」

七里さんもひねらない。

「かわいい気もしますが、さすがにコタローさんと似すぎじゃないですかね」

ついでに、タヌキは外見で雌雄の判別ができない。

キンタローとつけて雌だった場合、後悔、あるいは混乱するだろう。

「だったら金曜日とかけて、〝ときん〟はどうですか」

木山先生のネーミングに、みんなが耳を傾ける。

「将棋の歩兵は、なりは小さいが経験を積めば金将になれる駒です。これを〝と金〟と言うんですがね。指の数は違っても、このおチビさんもやがてはコタローくんのように立派な料理人になれる。そんな意味をこめてみました」

「いいですね。僕もときんに一票です。でも……」

言いながら、コタローさんの様子をうかがった。

盛り上がってしまったけれど、そもそも僕らが勝手に名づけてよいものか。

そんな心配は杞憂《きゆう》だった。

コタローさんはいつもよりも力強く、うんうんとうなずいてくれた。

断言はできないけれど、その表情はうれしそうに見える。

「決まりね。今日からあなたは飯田《はんだ》ときん。よろしくね、ときん」

飯田は七里さんの旧姓であり、コタローさんの姓でもある。

この店がもともと熊猫軒だったのは、パンダ先生という七里さんのニックネームに由来しているらしい。

飯田コタローと、飯田ときん。

こうなると親子や兄弟のようだけれど、二匹はそもそも種が違う。

ではどういう関係なのかと知りたくなるが、それはしばらく無理だろう。

言葉を持たない二匹の意思は、長く接しながら感じ取るしかない。

「じゃあ、ときん。お皿を洗ってみようか」

ぽけっとしているときんを抱え上げ、シンクの脇に下ろしてみた。

「……これは、無理だ」

僕は眼鏡をはずし、眉間を強くもみほぐす。

わかっていたが、大きかった。

ときんよりも、皿が。

どのみち衛生的な観点からも、動物に皿洗いはまかせにくい。

「ときん、皿洗いはいったんあきらめよう。いまはやりかただけを見ていてくれ。もう少し体が大きくなったら、また挑戦すればいい」

コタローさんのように二足歩行できない時点で、タヌキにできることは限られる。

けれどなんとか考えて、ときんに仕事をさせてあげたい。

「……そうか。そういうことか」

ふいに悟った。

小熊猫軒に先生が多いのは、一芸に秀でた人間が集まるからではない。

自分が得たなにかを、誰かに教えてあげたい。

少しでも人の役に立ちたい、力になりたい。

そういうメンター精神を持つ人々に、先生と呼ばれる職業が多いだけだろう。

学生であったり主婦であったりしても、本質的にはみな先生なのだ。

「ときん、今日はゴミ捨てを覚えてみようか」

シンクのときんを床に下ろし、僕もその場にしゃがみこむ。

「こうやるんだよ」

床に落ちていた野菜クズをつまみ、ぽいとプラスチック製のバケツに捨てた。

ときんはすぐに理解して、にんじんの皮を口にくわえる。

しかしバケツのそばまでくると、見上げたまま立ちすくんだ。

「大丈夫。足場を作るから待ってて」

あれほど誰かを導くのを嫌がった僕が、いまはどうすればときんに仕事を教えられるかを考えている。

この店に顔を出すようになって、僕は確実に変化していた。

そのおかげか、就活も少しずつ成果が出ている。

幸か不幸か、僕が小熊猫軒にいられる時間は長くない。

それまでに、できる限りときんを一人前に近づけてあげたい。

「ほら、やってごらん」

古い鍋やダンボールで階段を作ってやると、ときんがこくりとうなずいた。

そうして身軽にぴょんぴょんと飛び跳ね、くわえていたにんじんの皮を器用にプラスチック製のバケツに落とす。

その様子を見て、みんな驚いた。

「筋がいいというか……本当にきみはタヌキなのか」

レッサーパンダが料理していることは棚に上げ、僕はタヌキの賢さに舌を巻く。

手のひらに載りそうな小ささなのに、意思の疎通が完璧だ。

「こいつは本当に、〝金《きん》〟になるかもしれないな」

眼鏡を押し上げつぶやく。

「にい」

僕を見上げるときんも、どことなく誇らしげだ。

「いやあ、いいものを見せてもらいましたねえ」

木山先生は、ときんではなく僕を見てにやにやしている。

「初めての教え子って、かわいくてしかたないでしょう」

キッチンの隅で七里さんが、くすくすと笑った。

「そんなこと……僕はただ、自分ができることをやっているだけで……」

へどもどする僕を見て、風王くんと木山先生がまたにやつく。

そんなタイミングで、コタローさんの手元からピーマンのへたが落ちた。

それをときんは見逃さず、しぱぱと走ってくわえて捨てる。

「……かわいいです。かわいすぎて涙が出そうですよ」

人が誰かに親切をする理由を、僕は初めてわかったかもしれない。

3

僕がゴミ捨てを教え始めて三十分後、ときんは初めての失敗をした。

「大丈夫。次から気をつければいいんだ」

僕はプラスチック製バケツの中から、しょんぼり顔のときんを拾い上げる。

「これはきみにしかできない失敗だから、きみだけでなく僕も学んだ。次から小さな動物にゴミ捨てを教えるときは、『バケツの中に落ちないように』と注意できる。ありがとう。ときんの失敗は、いい失敗だよ」

しゅんとしたように床を見つめていたときんが、少しだけ上を向いた。

僕はその顔を見つめ、うんうんとうなずいてみせる。

「水無瀬さんは、優しい兄弟子ですね。いい先生になれそうです」

僕が教育を学んでいるから、風王くんは教師になると思ったようだ。

「光栄だけど、教師になるつもりはないんだ」

けれど、子どもに勉強の楽しさを伝えたいとは思っている。

だから図鑑の編集に携《たずさ》わりたい。

そんな話をしていたら、コタローさんが両手で料理の皿をかかげた。

「ええと、こっちは鮭のムニエル……かな？　そっちはたぶん、ラタトゥイユだと思います。すみません。一ノ関《いちのせき》くんのように料理の造詣《ぞうけい》が深くなくて」

大学生の一ノ関くんは、カメラマン志望の常連客だ。

小熊猫軒という店の名づけ親でもあり、ウェイター歴が一番長い。

「なにをおっしゃる。料理は名前を食うわけじゃありませんよ」

カウンター席から手を伸ばし、木山先生が料理を受け取ってくれた。

「しかしムニエルとはまた、えらくハイカラな料理が出てきましたね。いやこれは、あたしがじじいだから言ってるわけじゃなく、〝ハイカラ〟という言葉が流行した時代の料理という意味ですよ」

木山先生がうんちくを語る間に、僕はエプロンをはずす。

兄弟子もご相伴《しょうばん》にあずかれそうなので、キッチンで折り畳みスツールを広げた。

「ああ、ほら、なつかしい。ハイカラな洋食屋の味です」

「ぼくもなんとなく、ハイカラの意味がわかった気がします」

よほど空腹だったのか、木山先生と風王くんは早くも料理を口にしていた。

遅ればせつつ、僕もナイフで鮭をカットする。

「ああ、なるほど。本当に洋風というか、おしゃれな味ですね」

外側のカリッとした食感のあとには、ほくほくとした鮭のやわらかさ。

口の中にはふんわり広がる、バターとレモンのリッチな香り。

鮭は塩加減も絶妙で、肉厚な身のうまみが深く味わえた。

「ムニエルって、魚に小麦粉をまぶしてバターで焼くだけですよね。ほとんど焼き鮭なのに、ぜんぜん知らない味なのが不思議です」

「ムニエルは奥が深いんです。調理人の腕が如実《にょじつ》に出る料理なんですよ」

風王くんの疑問に、木山先生が美食家のように返答した。

たしかに知っている材料ばかりなのに、ムニエルは異国の味がする。

「どんな料理もそうだけど、ムニエルはとりわけ焼き加減が決め手なの。一瞬でもスキレットから目を離したらだめなのよね」

七里さんの解説を聞いて、そういえばと思い当たった。

料理をする際のコタローさんは、いつも真剣に手元を見ている。

ちりちりと焼ける食材に、焦げ目がつく瞬間を絶対に見逃さない。

「ラタトゥイユのほうは……母が作るのとぜんぜん違う味です」

風王くんはシチュー皿をまじまじと見つめている。

「ラタトゥイユは、フランス風の野菜の煮こみ。料理の名前を知っている人が多いわりには、市民権を得てないのよね。基本的に家庭料理だから」

無知な僕の代わりに、七里さんが解説してくれた。

たしかに僕が行くようなお店では、メニューに載っているのを見たことがない。

「あたしは詳しくない料理ですが、実にうまいですね。調味料ではなく野菜の味を楽しむものなんでしょう。このきゅうりなんて、特にパンチがありますよ」

木山先生がほめたきゅうりは、実はズッキーニだ。

今日はほかにタマネギ、ナス、ピーマンとオクラが入っていた。

それらの野菜を、トマトとにんにくがふんわりまとめている。

この〝ふんわり〟がポイントだ。

「この店で料理を食べると、野菜の好き嫌いがなくなります」

ひとくち食べて、僕はそんな感想をもらした。

風王少年の母が作るラタトゥイユは、きっとトマト味が濃いのだろう。

それはそれでうまいと思うが、野菜のうまみが主役とは言えない。

コタローさんが作る料理は全部そうだが、とにかく野菜がうまいのだ。

ナスが苦手な人間でも、「ナスってこんな味だっけ?」となるほどに。

七里さんは、調理器具の準備や食材の買いだしも料理の一環だと言う。

となれば野菜を育てることも料理で、自分で畑を管理しているからこそコタローさんのラタトゥイユはうまいのだろう。

「コタローさん、おかわりお願いします」

早くも平らげた風王くんが、シチュー皿をつきだした。

「あたしも野菜をいただきましょう。この料理は深みがあるというか、西洋のものにしてはわびさびを感じる味です。ついでに一本つけたいところですが、残念ながらこの店に酒はありませんね」

木山先生が笑って皿を出すと、コタローさんはなぜかムニエルを載せた。

「いや、あたしが欲したのは鮭ではなく酒……これは一本取られましたね」

なごやかな笑いに包まれながら、僕たちは食事を楽しむ。

コタローさんも休憩時間か、片手でリンゴをしゃくしゃくかじっていた。

「ときん、きみは体の構造的に無理だ。あきらめよう」

どうにか片手でリンゴを持ちたい小ダヌキを、僕はやんわり説得した。

「いやはや満腹です。今日はうまいものを食わせてもらっただけでなく、いいものを見せていただきました。本当に飲みたかったですよ」

木山先生が目を細め、ときんと僕を見てにやにやする。

「あたしもね、水無瀬くんと同じで自分の弟子には甘いんです。ほめて伸ばすというやつですよ。ひとり立ちしてからも心配だから、困っていそうだと思ったら飛んでいってしまうんです」

木山先生は書家、つまりは書道教室の先生だ。

小さな子どもまで含めると、かなりの数のお弟子さんがいるらしい。

「ですがときには、コタローくんのように突き放すことも必要なんでしょうね」

細くなっていた木山先生の目が、そのまますっと閉じた。

「もしかして、木山先生のお悩みはお弟子さんのこと――すみません。いまの発言は忘れてください……詮索しないつもりだったのに……」

風王くんがうつむき、口の中でつぶやく。

「いいんですよ。風王くんは悪くありません。あたしもたぶん、聞いてほしくて愚痴のような言いかたをしたんでしょう。いやらしいったらないですね」

「そんなこと、おっしゃらないでください」

風王くんが首を振りつつ、僕を見てウィンクした。

まるで木山先生に語らせるため、一芝居打っていたというように。

悪意は微塵もないと思うが、本当に末恐ろしい少年だと思う。

「まあ聞いてください。あたしの悩みは弟子ではなく、孫なんです。山を散歩する習慣があると言いましたが、それは孫を保育園に見送ったあとでしてね」

木山先生が胸の内を語りだした。

息子さん夫婦が共働きで忙しいらしく、木山先生もほとんど隠居の身とのことで、孫の世話は喜んでやっているという。

「ただ最近ね、孫が保育園に行くのを嫌がるんです、本人に理由を尋ねたら、どうもいじめられているらしいんですよ」

クラスの中心になっている、五人ほどの意地悪なグループがあるらしい。

彼らは鬼ごっこという体《てい》で、お孫さんを集中攻撃するそうだ。

「『攻撃』ですか。鬼ごっこにそんなルールありましたっけ」

風王くんが眉をひそめる。

「その辺りも含めて、四歳児の言葉を鵜呑《うの》みにはできません。この年頃では、いじめるほうにもそんな意識はないでしょう。うまく遊べないだけだと、あたしも最初は聞き流していました。真に受けすぎて、過保護になるのもよくないですからね」

その認識は間違ってはいないが、正解でもない。

子どもはときに話を盛るが、すべてがうそというわけでもない。

僕は眼鏡の位置を直し、木山先生の話に集中する。

「ところがです。あるとき迎えに行った際、実際に目の当《ま》たりにしたんですよ。多勢に無勢。仲間はずれ。子どもたちが孫を追いかけ回す現場をです」

「それって、先生がたは見て見ぬふりなんですか」

風王くんがにわかに気色《けしき》ばんだ。

「いえ、気づいていらっしゃらないようでした」

四歳児クラスの場合、数十人の子どもたちを保育士ふたりで担当する。

ヘルプの保育士を含めても、走り回る園児たちにはとうてい目が行き届かない。

いじめを黙認しているわけでなく、そもそも見つけることが難しいのだ。

「あたしはまず息子夫婦に相談しました。ですがふたりとも、『四歳でいじめなんてあるはずがない』と笑います。あたしもそう思っていたと説明しても、末孫だから過保護になっていると受けあってくれません。なぜか孫も、親には『ほいくえんたのしい』と報告するんです」

言葉をうまくしゃべらなくても、四歳にもなれば空気を読み取れる。

共働きの親に迷惑をかけまいと、作り笑いもできる。

「ぼくたち中学生なら問題にできますが、園児の場合はいじめと判断する根拠が乏しくなりそうですね。悪意の有無を客観的に証明するのが難しい」

「風王くんのおっしゃる通りで。なのであたしは、担当の保育士さんと話そうとしました。すると、孫はそれも嫌がるんです」

木山先生は孫に助けを求められ、いじめられている現場を見た。

なのに肝心の孫が、助けようとすると邪魔をする。

さっきの「ときには突き放す」発言は、このことのようだ。

「しかたがないので、あたしは孫に助言することにしました。孫はおとなしい子でしてね。やられたらやり返せなどと言っても、とても実行できる子じゃない。だからなにかあったら、すぐに先生に泣きつけと教えました。先生がいなければ、栄養士さんでも養護担当の人でも、大人なら誰でもいいと」

木山先生は甘いというより、優しすぎる。

しかし助言自体は、適切なものだ。

人は自分より下の存在を見ると安心する。

だから〝下〟を作ろうとするのが、いじめのメカニズムだ。

これは動物でも同じことで、集団の統率、権力の誇示といった行動は、生存率を高めるための本能とも言える。

だからいじめをなくすことは、本質的に不可能だ。

しかし中学生などと違い、園児のいじめは陰湿《いんしつ》ではない。

大人が注意するだけでも、子どもたちは「いけないこと」はやめる。

「ですが孫の様子は変わりません。先生に言ったかと聞けば、『いったらいじめっこたちをしかってくれた』と答えました。おそらくうそです。だから朝になると、保育園に行きたくないと泣くんです。孫は嫌がってるんです。あたしにだけは言うんです。なのになにもしてやれないのが、あたしは本当につらくて……」

木山先生がハンカチで目頭を押さえた。

いじめられている自分はかっこ悪い。

孫がそう感じていれば、人前では虚勢を張るだろう。

ならば孫と親を小熊猫軒に招待すれば解決かというと、違う。

孫は、木山先生にだけは心を開いているのだ。

大人は絶対に、子どもの信頼を裏切ってはならない。

この問題は、木山先生がなんとかしなければならない。

「質問です。木山先生は、結局担任の先生に相談しましたか」

それまで黙っていたからか、僕の発言に木山先生が戸惑う。

「……え、ええ。ふたりいる先生のうち、おひとりとこっそり話しました。『目を光らせておきます』との言質《げんち》を得ましたが、その後にお尋ねしても、『特にそういった行為は見受けられない』との返答でした」

「だったらすぐ、もうひとりの先生に直接相談してください。無理なら園長先生に。監督者が誰かによって、園内の見える範囲も園児の見かたも違います。いじめの有無は置いておいて、子どもが嫌がっているならそこには必ず理由があります」

たとえば最初に相談した先生を、お孫さんが怖がっている可能性だ。

園児はいじめられたと逃げ回っていても、人によっては一緒になって遊んでいるようにしか見えない。

それを目撃した先生は、被害者も加害者もまとめて注意する。

結果、園児は「助けを求めると怒られる」と誤解してしまう。

「僕は勉強熱心ではありませんが、児童心理はそれなりに学んできました。園児にもいじめはあります。きちんと解決してあげなければ、二度と大人を頼ってくれません。木山先生、いまなら間にあいます」

言いたいことを伝えると、ぱちぱちと拍手が聞こえた。

「現実的で親身な答えね。先生は現役じゃないけど、水樹くんの方法に賛成よ」

「ぼくも愛を感じました。水無瀬さん、かっこいいです」

七里さんと風王くんにほめられて、頰がみるみる熱を持つ。

僕はただ、自分が知っていることを木山先生に伝えたかった。

先生とそのお孫さんの力になりたいと、がむしゃらに口が動いただけだ。

「水無瀬くん！　お礼は後日、あらためてさせていただきます！」

「お礼なんて、そんな……僕は専門家でもないし――」

僕が言い終えるより先に、木山先生は店を飛びだしていた。

「愛ですね。一秒でも早く、お孫さんの問題を解決したかったんだと思います」

風王くんがうんうんうなずき、スマホにメモを取っている。

「今日の水樹くんは、すごく先生っぽかったわね」

七里さんがくすくす笑い、僕の足下に目をやった。

ゴミが落ちてこないかと、ときんがコタローさんを見上げていた。

4

『ちいさなぼくとネコのあいだに、クマがはいってゆきました』

そんなタイトルの絵本がある。

商業出版はされておらず、小児科などで配布していた無料の冊子に近いものだ。

この〝ちいさなぼく〟とは、僕のことだったりする。

子ども時代に動物園でレッサーパンダと会った水無瀬家のエピソードを、母が絵本の原作コンテストに投稿したのだ。
その巡りあわせなのか、僕が内定をもらったのはこの絵本の出版社だった。

愛媛《えひめ》の秋は肌寒く、高尾山の気候と少し似ている。
ラタトゥイユに舌つづみを打ったあの日から、ひと月ほどたった。
僕は大阪の下宿に住んでいるが、春からは東京で暮らすことになる。
コタローさんから教わった料理が、さっそく役に立つだろう。
今日は役所関係の手続きをするため、日帰りで愛媛に帰省中だった。
「本当やって。東京には、料理を作るレッサーパンダがおるんよ」
そんなことを両親に話すと、「よもだばっかりいいなや」と方言で笑われた。
そもそもレッサーパンダは、世界に五千頭しかいない生き物だ。
それが東京にいて二本足で歩くと聞けば、誰だって笑うしかない。
それでも僕は小熊猫軒で、レッサーパンダから料理を教わった。
しっぽがしましまの珍しい子ダヌキに、ゴミの捨てかたを教えた。
常連客がお孫さんを助けるために、少しだけアドバイスもした。

木山先生からは、あの後に額装された立派な書をいただいている。

書かれた筆文字は『七転八起《しちてんはっき》』。

失敗を恐れていた僕には、これほど金言《きんげん》たりえる語句もない。

木山先生のお孫さんは、前以上に元気に保育園に通っているそうだ。

もうひとりの保育士にはうまく話が通じたようで、園児が全員でうまく遊べるように誘導してくれたらしい。

やはり教育のプロは違うなと、しみじみ思う。

風王くんは僕が教師に向いていると言ってくれたが、さすがにそこまでうぬぼれることはできない。

人になにかを伝える、すなわち〝伝承〟のための先生には誰でもなれる。

しかし教師に必要なのは〝教育〟をする能力だ。

教えることができたとしても、育むことは簡単ではない。

だから僕は、ずっと学術系の出版社にエントリーシートを出していた。

その結果、無理だとあきらめていた会社に熱意を伝えることができた。

面接での質問に答えられたのは、間違いなく小熊猫軒のおかげだろう。

「教育を学んでいたようですが、教師にならずになぜ弊社《へいしゃ》へ？」

「子ダヌキに、ゴミ捨てしか教えられなかったからです」

教えることはできても、育むことはまた違う学びが必要になる。

そう伝えたかったが、このエピソード自体がウケて根掘り葉掘り聞かれた。

「最後の質問です。水無瀬さんは、出版業界には世の中を変える力があると言いましたね。そこでうかがいます。あなたはこの世界を、どんな風に変えたいですか」

難問だったが、僕はシンプルに答えた。

「素敵な世界です」

「具体的には」

「たとえば電車に乗っていて、スマホで映画を見ているとき。隣の人にのぞかれているのに気づいたら、咳払いして角度を変えるのではなく、一緒に見て談笑する。そんな世界が素敵だと思います」

我ながらロマンチックだと思うが、そういう世界があることを僕は知っている。

ゆくゆくは図鑑の編集に携わりたいと思っているが、夢をかなえるまでには七回以上転ぶ必要があるだろう。

そんなとき、転んでも平気だと教えてくれる場所があるのはありがたい。

「ときんは、ちゃんとやってるかな」

家族が寝静まった夜の居間、掘りごたつの中でそんなことを思う。

本当はもっといろいろ教えたかったけれど、体が小さく手も使えない子ダヌキにできることは少なかった。

結局ゴミ捨て以上のことは教えられず、大きな悔いが残っている。

ただ灰夜から聞いた話では、畑の世話などはそれなりに手伝えているらしい。

「コタローさんとも、仲よくしてるかな」

なんとなく優しいイメージを持っていたけれど、木山先生が言ったようにコタローさんはときんを甘やかさなかった。

僕たちは二匹の関係をよく知らない。

コタローさんが山で拾ってきた子だとは思っているけれど、そうせざるを得なかった理由は誰にもわからない。

なんであれ、コタローさんは小熊猫軒にときんを連れてきた。

コタローさんも、ときんの力になりたいと考えたのは間違いない。

そしてたぶん、コタローさんはかわいい子ダヌキになにかを伝えたいのだ。

小熊猫軒の常連が、新しくきた客に店のことを教えるように。

「だから、きっと大丈夫だ」

僕は昔の小熊猫軒を知らない。

コタローさんが料理を作り始めた頃は、それなりにトラブルもあったと思う。

それを支えたのは、七里さんやいつものお客さんたちのはずだ。

ときんもそんな風にして、小熊猫軒に居場所を見つけられるだろう。

「東京へ戻る頃には、もう少し成長してるといいな」

働き始めるのは四月からだけれど、実はもうすぐ上京する用事がある。

いまから教え子に会うのが楽しみだと笑っていると、ちょうどスマホに灰夜からメッセージが届いた。

『みっくん、コタロー氏に恩返しをしたくはないか』

『無論だ』

考える間もなく即答する。

『じゃあこれを買っておいてくれ』

添付されてきた画像を見て、僕は眼鏡をはずした。

眉間を強くもみながら、決意を固めてこう返す。

『了解した。僕が再び木山先生を導こう』

ときんはトマトを
がまんがまんした

Koguma
nekoken

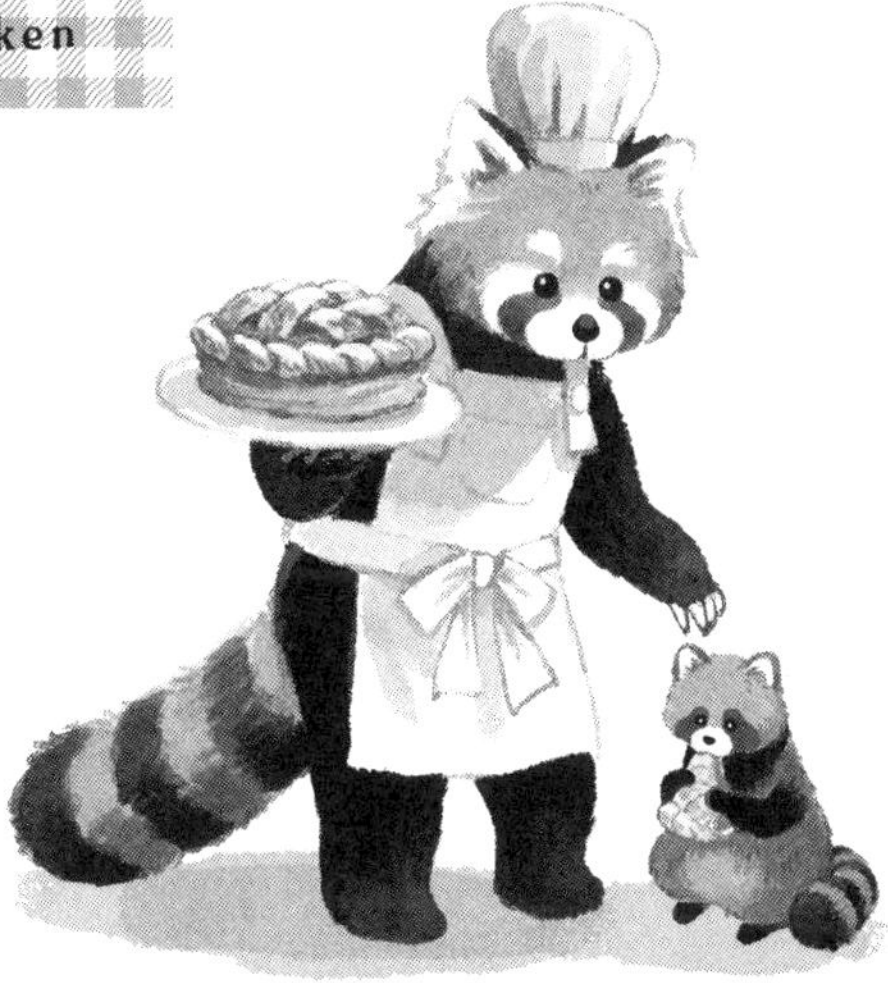

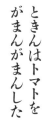

1

ああ、また夏がやってきた。
ヒグラシは夕暮れだけでなく、早朝にも鳴く。
明け方にセミの声で目覚めさせられ、コタローは寝ぼけ眼で辺りを見回した。
コタローの家は木の上にある。
見える範囲にあるものは、薄暗い空と葉っぱだけ。
鼻がすんすんかいだのも、濡れた草木の匂いだけ。
聞こえる声もセミだけで、鳥だってまだ眠っている時間とわかる。
本当に夏は嫌だと、コタローは再び眠った。
が、たいして時間もたたないうちに薄く目を開ける。
暑い。
全身にじっとり汗をかいている。
まどろんだ気すらしないのに、すでに周囲が明るくなり始めていた。
コタローは冬が好きだ。

全身をふさふさした毛に覆われているから、寒さはあまり感じない。
けれど夏は朝からバテてしまって、寝床から降りるのもひと苦労だ。
いやあ、山の中は涼しいもんです。
小熊猫軒《こぐまねこけん》のモクザンはそう言うけれど、感覚は人によって違う。
コタローだって自分を人間と思っているけれど、暑いものは暑い。
「……きゅう」
弱々しく鳴いて、コタローは地面に降りる決心をした。
どこにいたって暑いけれど、お店の中は涼しい。
爪を木肌に食いこませながら、したたと四本足で幹を駆け下りる。
地面に手をつくと、そのますっくと後ろ足で立ち上がった。
とことこと、二本の足で森の中を歩いていく。
やっぱり暑い。
でも木々の緑がまぶしくて、気持ちはちょっとだけ上を向く。
コタローが高い目線で世界を見るようになって、だいぶ時間がすぎた。
四本足で歩いていたのは、自分を〝コッチ〟と呼んでいた頃だ。
タヌキやイタチは、コッチに意地悪をする。

コッチが人間みたいに、立って歩くからだ。
だからそういう相手は〝ゾッチ〟と呼び、仲よくすることはあきらめた。
コッチはずっと、ひとりぼっちだった。
自分と似た生き物が、山の中にいなかったから。
でもあの夏、コッチはセンセイと出会った。
たまたま見つけた畑にあった、トマトをもいでかじったときだ。
「こらー!」
白い建物から、怒って出てきた人間。
それが、センセイだった。
でもセンセイは、それ以上は怒らなかった。
いらっしゃいと、自分の住み処《すか》に招いてくれた。
センセイはコッチにリンゴをくれて、優しく話しかけてくれた。
「お仲間ね」
ひとりぼっちのコッチに対し、センセイはそう言った。
コッチが本当にセンセイの仲間なら、人間ということだ。
コッチが人間ということなら、タヌキたちと仲よくできないのも当たり前。

その発見に、コッチは興奮した。
興奮のあまり、首を激しく上下に動かした。
「あなた、本当に人間みたいね」
人間だから、センセイに言われたその日から、コッチは〝コタロー〟になった。
センセイに言われたその日から、コッチは〝コタロー〟になった。
その頃の小熊猫軒は、まだ熊猫軒《くまねこけん》という名前だった。
コタローは毎日のように熊猫軒に通い、センセイとすごすようになった。
センセイと一緒にいると、毎日が楽しい。
お店の中は、夏でも涼しい。
センセイはコタローに、アップルパイを焼いてくれる。
アップルパイはリンゴを使った、とてもおいしい料理。
コタローは、アップルパイが大好きになった。
だからセンセイに、お礼をしたかった。
熊猫軒のお客さんがするように、センセイにお金を払うことにした。
お金は持っていなかったので、どんぐりをみっつ。
するとセンセイは、おなかを抱えて笑った。

そして急に真面目な顔になって、お金がないなら体で払えと言った。
センセイも、イタチのようにコタローを食べようとしている！
そう思って、震えて悲しくなった。
でもすぐに、センセイがくすくすと笑った。
センセイは、コタローにお店の手伝いをしてほしかったらしい。
それならばと、コタローはがんばった。
まずは畑仕事に精を出した。
お店の掃除や雑用もやった。
するとセンセイは、料理も教えてくれるようになった。
コタローは手が小さい。
だから調理道具は、ミルク鍋や果物ナイフだ。
初めてお客さんに料理を振る舞った感覚は、いまも忘れない。
お客さんだったコーイチは、コタローの料理をおいしいと言ってくれた。
そのとき初めて、コタローは認めてもらえた気がした。
自分はちゃんと人間で、みんなのお仲間だと。
けれど最近のコタローは、考えかたが変わりつつある。

自分は人間のような生き物であって、人間じゃないと。
だって夏にどれだけ暑くても、毛皮を脱ぐことができない。
冬にしっぽを体に巻きつけていると、お客さんたちにうらやましがられる。
でも、自分が人間じゃなくてもいい。
小熊猫軒のみんなが、お仲間であることは変わらないから。
ただこの季節は、さすがに自分の体がうらめしい。
早く冬になれと願いつつ、コタローは山道をとてとてと歩く。
「ひゅうん……」
遠くで、なにかが鳴いた。
鳥に似ていたけれど、たぶん子どものタヌキだ。
さびしげだったし、親とはぐれてしまったのかもしれない。
さして気にも留めず、コタローは歩き続けた。
タヌキは親子で暮らす。
群れないけれど、仲間と近い場所を住み処にする。
だから迷子は放っておいても、ほかのタヌキが見つけるはず。
昔さんざんいじめられたので、コタローはタヌキが好きじゃない。

子ダヌキにうらみはないけれど、仲よくなれない相手はいる。
でも、見つけてしまった。
藪《やぶ》の陰で、しょんぼり地面を見つめる子ダヌキを。
森の中に、ほかのタヌキの気配はない。
子ダヌキも、仲間を待っている様子はない。
よく見れば、子ダヌキのしっぽはしましまだった。
タヌキのくせに、コタローみたいなしっぽだ。
「ひゅうん……」
またさびしげな声。
なにをしているのかと見ると、子ダヌキは大きな木を見上げていた。
どうも、セミを捕まえられないらしい。
タヌキは親から狩りを習う。
だからセミを捕れないのは、子ダヌキがどんくさいということ。
でもなんで、こんなところにひとりぼっちでいるのか。
タヌキたちが暮らしている場所は、もっと山の上のほうにある。
この辺りには、夏場に実をつける樹木もない。

だから安全だと、コタローはここを住み処に選んだ。
子ダヌキがここにいる理由が、なんとなく気になる。
コタローは子ダヌキを見守った。
とうとう子ダヌキは、セミの抜《ぬ》け殻《がら》を拾って食べ始めた。
コタローは顔をしかめる。
あれは、セミよりもおいしくない。
あんなものを食べていないで、早く仲間のもとに帰ればいいのに。
でも子ダヌキは、まだ地面をかぎ回っている。
よほどおなかが空いているらしい。
コタローは困った。
ここに長居されたら、タヌキたちが様子を見にくるかもしれない。
せっかく見つけた平和な寝床を、また引っ越さねばならない。
そんなのはいやだ。
コタローは子ダヌキを追い払うことにした。
ちょうど手元には、砕いたクルミがある。
昨日、ヤヒロがお店にナノカを連れてきた。

お互いを「なのかちゃん」、「やっちゃん」と呼ぶふたりは、仲直りしたいらしい。
でも別に、ケンカをしているわけではないとのこと。
よくわからないけれど、コタローはフルーツケーキを焼いてあげた。
そしたらナノカがごめんと謝った。
めでたしめでたしと、センセイが言った。
そのときに、材料のクルミが少しあまった。
だからおやつにしようと、持って帰ってきた。
コタローは作戦を考えた。
このクルミを少しずつ地面に置き、タヌキたちの住み処へ向かう。
気づいた子ダヌキが、クルミを食べながら仲間のもとへ帰る。
よい考えだと、コタローはうなずいた。
早速やってみようと、子ダヌキの様子をうかがう。
まだこちらには気づいてない。
木陰に身を隠しながら、コタローは獣道へ回りこんだ。
この道を登っていけば、タヌキたちの居場所につく。
腰に巻いたポーチに手を入れ、ごそごそと中身を取りだす。

このポーチは、ミツヨが作ってくれたお気に入りだ。
コタローは地面の上に、砕いたクルミをひとかけら置いた。
少し離れた場所に、ふたつ目を置いた。
そうしてタヌキたちの住み処ぎりぎりまで、クルミを置いて戻ってきた。
子ダヌキは、まだセミの抜け殻を探している。
「きゅう」
コタローはひと声だけ鳴いて、さっと木陰に身を隠した。
子ダヌキが、ぴくりと耳を立てる。
きょろきょろと辺りを見る。
「にい！」
子ダヌキがクルミに気づいた。
しめしめと、コタローは様子を見守る。
子ダヌキはクルミを食べながら、ぽわんと幸せそうだ。
クルミであんなに喜ぶなら、アップルパイをあげたらどうなるだろう。
ちょっとそんなことを考えた。
考えただけだ。

タヌキとは、絶対に友だちになれない。
もう大丈夫だろうと、コタローは子ダヌキに背中を向けた。
「ひゅん！」
突然、子ダヌキが大きな声で鳴いた。
振り返ると、獣道の反対側から大人のタヌキが四つ足で歩いてくる。
しまった。
コタローはしっぽをぴんと立てた。
コタローはさっき、タヌキの住み処のそばまでクルミを置いた。
だから大人のタヌキも、クルミを食べながらこっちへきたのだ。
まずいことになったと、コタローは後ずさる。
タヌキとコタローが顔をあわせたら、ケンカになってしまう。
「ひゅん！」
また子ダヌキが悲鳴を上げた。
ちょっと目を離した隙に、子ダヌキがぐるぐると獣道を転がっている。
子ダヌキは木の幹にどんとぶつかり、痛そうに顔をしかめた。
大人のタヌキは、気にもしないで道のクルミを食べている。

たぶん、大人タヌキが子ダヌキに体当たりしたのだろう。
タヌキは縄張り意識が強くない。
もめごとが起こっても、同族とはケンカをしない。
だからコタローは、タヌキ同士の争いを初めて見た。
「ひゅん……」
子ダヌキは切ない顔で、クルミを食べる大人タヌキを見ている。
コタローは考えた。
あの子ダヌキは、タヌキに仲間とみなされていないのかもしれない。
あのしっぽのしましまは、タヌキらしくないからだ。
コタローが〝ゴッチ〟だったとき、タヌキとはすぐにケンカになった。
二本足で立つ姿が、人間みたいと嫌われたから。
そしてあの子ダヌキには、コタローと同じくしましまのしっぽがある。
「ひゅん……」
去っていく大人タヌキの背中を、子ダヌキが目で追っていた。
かわいそうだとは感じる。
でもコタローには、もう手持ちのクルミがない。

それに子どもであっても、タヌキはタヌキだ。
人間になったコタローとは、決して仲よくなれない。
コタローは、その場をそっと立ち去った。
ちょっと歩いて振り返ると、子ダヌキはさみしそうにセミを探していた。

2

また今日も、コタローはヒグラシの朝鳴きで目が覚めた。
頭がすっきりしない。
ゆうべはあまり眠れなかった。
ぼんやりしたまま、木の上から暗い空を見つめる。
あの子ダヌキは、どうしているだろう。
一晩中、それをずっと考えた。
自分には関係ないのに、妙に気になってしまう。
あの子ダヌキは、たぶんひとりぼっちだ。
だから誰からも、食べ物の取りかたを教わってない。

夏場であんな調子なら、冬になったらきっと死んでしまう。
自分のせいでそうなると思うと、さすがに眠れなかった。
もちろん子ダヌキが、タヌキからコタローと同じ扱いをされているとは限らない。
子ダヌキは四本足で歩くし、同じなのはしっぽの模様だけだ。
だから、コタローのせいになんてならない。
コタローには関係ない。
「……きゅう」
一応様子だけ見ようと、コタローは昨日の場所に向かってみた。
やっぱりいた。
遠くからでもわかるくらい、子ダヌキはしょんぼり地面を見つめている。
「ひゅうん……」
あの様子だと、昨日からなにも食べてない。
これはさすがに見すごせないと、コタローは小熊猫軒へ走った。
残っていたアップルパイをひときれつかんで、急いで子ダヌキのもとへ戻る。
すると、あの頼りない姿が見当たらない。
どこだと地面をかぎ回っていたら、藪の下で丸くなっていた。

寝ているというより、ぐったりしている。
コタローは子ダヌキを揺すった。
「ひゅん！」
驚いた子ダヌキが、ぱっと後ろへ飛びのく。
しかしコタローの顔を見ると、不思議そうに小首をかしげた。
あまりにも、警戒心が弱い。
思った以上に、子ダヌキは子どもだ。
コタローは、アップルパイをぽいと投げた。
子ダヌキが鼻先を近づけ、すんすんと匂いをかぐ。
すぐに目を輝かせ、パイにかじりつく。
「にぃ！」
おいしいものを食べたときの顔は、人もタヌキも同じだった。
子ダヌキは目を見開き、地面ごとかじる勢いでパイを食べている。
ときどきコタローを見上げる子ダヌキの顔は、初めての味に興奮していた。
コタローは考える。
子ダヌキは、たぶんひとりぼっちだ。

でも、この先もずっと面倒を見てやるわけにはいかない。
コタローは人間の仲間で、子ダヌキはタヌキだ。
タヌキは山の中で生きていく。
だから、自分で食べ物を得る方法を学ばなければならない。
コタローは、そばにあった木を駆け登った。
ぱしっと、セミを捕まえた。
こうやって捕るんだと、手本を見せてやった。
あとは自分でがんばれと、背中を向けてその場を去る。
二、三日したら、また様子を見にこよう。
そのくらいなら、甘やかすことにはならない。
コタローはうんうんうなずき、小熊猫軒への道をとてとてと歩いた。
林を抜けて視界が広がり、白い建物が見えてくる。
まずは畑の世話だ。
建物の裏に回り、トマトの苗を順に見ていく。
ふっと、なにかが動く気配を感じた。
振り返ると、遠くから子ダヌキがこっちを見ている。

セミの捕りかたを教えたのに、なんでついてくるのか。
コタローは二本足でのしのし歩き、子ダヌキのほうへ近づいた。
「きゅう！」
両手を大きくかかげ、威嚇の姿勢で追い払おうとする。
しかし子ダヌキは逃げなかった。
代わりに、すとんと尻もちをついた。
コタローを見上げる小さな目は、おびえてあわあわ揺れている。
いくら子どもとはいえ、なんて情けないタヌキだろう。
コタローは、子ダヌキを立たせてやった。
そうして再び、「きゅう！」と威嚇する。
今度はちゃんと飛び上がり、ぴょんぴょん跳ねて逃げていった。
まったく、世話の焼けるタヌキだ。
コタローは肩をとんとんたたき、畑の世話に戻った。

畑仕事をひと通り終えたので、鍵を開けて店に入る。
鍵をドアの脇に引っかけたら、足の泥をタオルで拭う。

シンクでよく手を洗ったら、お湯を沸かしてコーヒーを入れる。

「……ふわぁ。おはよう、コタロー」

香りにつられて、センセイが起きてきた。

コタローはぺこりと頭を下げ、カップにコーヒーをそそぐ。

「……んー？　コタロー、なにかあった？」

センセイが目をこすりつつ聞いてきた。

うんうんとうなずき、なにもないと伝えてみる。

「そう？　機嫌がよさそうだから、いいことでもあったのかと思ったんだけど」

いいことなんて、まったくない。

朝からお店を往復させられた。

楽しみにしていた、アップルパイもなくなった。

どちらかと言えば、むすっとしたい一日だ。

「ふふ。センセイはお見通しよ。まあ深くは聞かないけどね」

くすくすと笑い、センセイはおいしそうにコーヒーを飲んだ。

なんだか誤解されている気がする。

でもセンセイはいつも正しい。

料理をすることは少なくなったけど、コタローのことはきちんと見ている。
だからコタローは、楽しかったのかもしれない。
それはきっと、子ダヌキがアップルパイをおいしそうに食べたから。
いまも楽しいとしたら、お客さんのおいしい顔を想像しているから。
ほかに理由なんてない。
さあ仕事をしようと、コタローは料理の仕こみを始めた。

お昼頃、ナノカがやってきた。
ムツキという、つんつんした女の子と一緒に。
でもコタローがエビフライを作ると、ふたりは仲直りしたみたいだった。
今日もおいしい顔をたくさん見られた。
めでたしめでたし。
コタローがうんうんうなずいていたら、お店のドアが開いた。
新しいお客さんかと喜んだら、子ダヌキだった。
追い払ったと思ったけれど、まだ近くにいたらしい。
どうやって開けたのか、子ダヌキはドアの隙間から鼻先を見せている。

でも姿が小さいから、まだ誰も子ダヌキに気づいてない。

コタローは両手をかかげた。

目があった子ダヌキが、ぴんとしっぽを立てて固まる。

そうじゃないと、コタローはもう一度威嚇する。

ようやく子ダヌキが身を引き、ぴょんぴょん逃げていった。

「ちゃんと閉めてなくって、風で開いたのかな」

お手伝いのコーイチにも、子ダヌキは見られなかった模様。

コタローはほっとして、キッチンの片づけを始める。

「なのかちゃんが言ったんですよ。人と人との関係は壊れて当たり前って。今日はその逆で、新しい友だちができた日です」

ムツキが紅茶を飲みながら、そんなことを言った。

コタローは考える。

ナノカは今日、どうやっても仲よくなれない相手はいると言った。

たぶん、コタローにとってのタヌキたちだ。

でも嫌いな相手と似ているだけなら、嫌いな相手と同じじゃない。

ナノカは、そんなようなことも言った。

コタローはタヌキとは仲よくなれない。
でも子ダヌキとは、違うのかもしれない。

タヌキが月夜に浮かれるのは、夜行性だからだ。
コタローも、夏は涼しい夜を好む。
でも昼間に仕事をしているから、夜行性ではない。
夜空に月が昇ってくると、コタローはきちんと眠くなる。
コタローは、ほとんど人間だから。
けれど今晩は、そうもいかなかった。
寝床にしている木の根元に、子ダヌキがいたから。
子ダヌキはなにをするでもなく、コタローを見上げている。
昼間にも店にやってきたし、よほどアップルパイが気に入ったのか。
試しに威嚇をすると、子ダヌキはぴょんぴょんと逃げる。
でもしばらくすると戻ってきて、またコタローを見上げる。
なんどもやっているうちに、コタローのほうが疲れてしまった。
ただ子ダヌキは、木の上にまで登ってきたりしない。

というか、登れない。

でもすぐそばにタヌキがいるのは、どうも落ち着かない。

とはいえ、一日働いた体は疲れている。

気がつけば、コタローは眠っていた。

そしていつものように、ヒグラシの声で目を覚ました。

眠い目をこすりつつ、そういえばと下を見る。

子ダヌキは、木の根元で丸くなっていた。

前からここが自分の寝床という顔で、すやすやのんきに眠っている。

コタローは木のうろに手を入れて、お店の鍵を取りだした。

腰にポーチを巻いて、そろそろと地面へ降りる。

あどけない寝顔を、まじまじと見つめる。

子ダヌキは、ここに住むつもりだろうか。

やはり子ダヌキは、ひとりぼっちなのか。

自分に優しくしてくれたコタローに、すがっているのかもしれない。

コタローは思いだした。

まだコタローが〝コッチ〟だった頃、自分はタヌキだと思っていた。
でもタヌキたちからは意地悪をされる。
水たまりに映った自分の姿は、タヌキよりも毛の色が明るい。
タヌキのまねをしてセミを食べても、ぜんぜんおいしくない。
だから、自分はタヌキではないと思った。
それからは、ひとりぼっちの〝コッチ〟として生きてきた。
でもあの日、センセイは「お仲間」と言ってくれた。
コタローはそのとき、夜が明けのたかと思った。
そのくらい、世界にぱっと色がついた気がした。
実際に人間として生きてみると、もうひとりぼっちには戻りたくない。
だから子ダヌキが、コタローにすがる気持ちはわかる。
子ダヌキにとっては、コタローが初めて見つけた仲間。
ひとりぼっちは、とてもさみしい。
けれどそれ以上にさみしいのは、ひとりぼっちに戻ることだ。
だからといって、子ダヌキと一緒に暮らすことはできない。
コタローには、小熊猫軒での仕事がある。

なによりも、センセイと一緒にいたい。
センセイはずっと病気で、長く留守にしていた。
やっと帰ってこられたのだから、いままでの時間を取り戻したい。
だから、コタローが子ダヌキにかまっている余裕はない。
だいたい子ダヌキは、ちょっと変わった模様なだけでタヌキだ。
昔のコタローと違って、本当のひとりぼっちじゃない。
子ダヌキは、タヌキのもとに帰るべきだ。
コタローは、ポーチから干しぶどうを取りだした。
眠る子ダヌキの鼻先に、ひとつまみをそっと置く。
獣道のほうへ歩き、数粒ずつ干しぶどうを置いていく。
これでいい。
タヌキに見つからないところまで置くと、コタローは小熊猫軒へ向かった。
今日は、ムツキがハイヤを連れてやってきた。
ハイヤはいつもムツキを見ているらしい。
ムツキがおやつを食べたいと言うので、コタローはドーナツを揚げ始めた。

フライパンを見つめながら考える。
子ダヌキは、ちゃんとタヌキの仲間に戻れるだろうか。
戻れなかったら、コタローが面倒を見るしかないのか。
子ダヌキに、毎日アップルパイをあげることはできる。
でもコタローがケガをしたりしたら、子ダヌキはどうやって生きていくのか。
やっぱり、自分は関わらないほうがいい。
子ダヌキは、自力でなんとかすべきだ。
コタローはうんうんうなずき、ドーナツを油から引き上げた。
ムツキもハイヤも、おいしいおいしいと食べてくれた。
コタローは、とてもうれしい。
そんなとき、またも子ダヌキが店のドアを開けた。
コタローはみんなに気づかれないよう、小さく威嚇の姿勢をする。
子ダヌキはびくりとして、ぴょんぴょんと逃げていく。
まったく油断も隙もない。
誰も子ダヌキには気づかなかったようで、みんなおしゃべりしている。
そこでムツキが、気になることを言った。

「――人に言えないことって、結局自分がやましいんだよね」
いまのコタローは、たぶん困っている。
なのに、センセイに相談しようとしない。
たぶん、センセイに迷惑をかけたくないから。
センセイはヤミアガリなのだから、自分のことだけ考えていてほしい。
でも本当は、センセイに言いたい気もする。
コーイチでもフタバでも、ほかのお客さんでもいい。
なのに言えないのは、どうしてだろう。
そんなことを考えつつ、コタローは仕事を終えて寝床へ戻った。

眠る前に、下を見る。
子ダヌキは相変わらず、木の根元でコタローの様子をうかがっている。
コタローは樹上から、ドーナツのかけらを放った。
子ダヌキが走ってきて、ぱくりとかじりついた。
ひとくち食べると、子ダヌキはぴんと背筋を伸ばした。
月夜の下で、コタローを見る子ダヌキの目がきらきらと輝いている。

コタローはあわてて目をそらし、子ダヌキに背を向けて眠った。

3

もうヒグラシの声は聞こえない。
涼しい季節になったおかげで、最近のコタローは寝覚めがよかった。
木の上の寝床で、うんと体を伸ばす。
次いで、首を伸ばして下をのぞく。
今日も木の根に隠れるように、子ダヌキが丸くなっていた。
身支度をすませたら、そろそろと木を下りる。
しっぽを枕に寝ている子ダヌキの、ほっぺを肉球でふにふにする。
ふにふにする。
起きない。
それでもしつこくふにっていると、子ダヌキがわっと飛びのいた。
体が、かすかに震えている。
でも目だけは、きらきら輝いている。

コタローは、山の中へ歩きだした。
いつもと違って、四本足で。
手頃な木を見つけたので、ぱっと登って秋の木の実をむしる。
子ダヌキの顔を見て、うんうんとうなずく。
子ダヌキはぴんと大きく耳を立て、うれしそうに木へ飛びついた。
でも、うまく登れない。
「ひゅうん！」
背中から落ちて、そんな悲鳴を上げる。
先が思いやられるけれど、子ダヌキはがんばるしかない。
コタローみたいに爪が立派でなくても、登れるようになるしかない。
それからしばらく、子ダヌキの木登り練習につきあった。
あとはひとりでがんばれ。
お店にはこないように。
身振りでそれを伝えると、子ダヌキの頭がぺこりと小さく下がった。
コタローのことを見て、人間の挨拶を覚えたらしい。
はたして本当に伝わったのかと心配しつつ、小熊猫軒へ出勤する。

午前中は、子ダヌキがドアを開けることはなかった。
でも午後に畑へ出ると、子ダヌキの姿があった。
赤く熟《う》れたトマトを見て、そろそろと口を近づけている。
しかし噛みつく寸前、子ダヌキは走って畑から遠ざかった。
別に、コタローがなにかしたわけじゃない。
しばらく見ていると、子ダヌキはまたやってきた。
そうしてトマトに口を近づけ、はっとためらって後ずさる。
この畑が、コタローにとって大切なものとわかっているのかもしれない。
「きゅう」
コタローが呼びかけると、子ダヌキがうれしそうに走ってきた。
約束を破ったとは思ってないみたいで、コタローの周りをぐるぐる回っている。
子ダヌキは、店の中に入らなければよしと考えたらしい。
それはまあ、コタローの教えかたが悪い。
しょうがないなと、コタローはトマトをひとつもいでやった。
子ダヌキが目を輝かせ、飛び上がってぱくっと噛みつく。
「ひゅうん！」

思っていた味と違うのか、子ダヌキはすっとんでいった。
なぜかコタローの顔が、ふにゃっとなる。
おなかの奥から空気が流れ、ぶはっと口から漏れる。
それを子ダヌキに見られるのは、よくない。
そんな気がして、コタローは小熊猫軒に戻った。
「どうしたの、コタロー。にやにやして」
センセイに言われ、コタローはなんでもないとうなずく。
でも料理を作っている間も、コタローはなんどかぶはっと空気を漏らした。
「思い出し笑い？　顔がふにゃふにゃよ」
言われて顔を、きりっとさせる。
でもそのあとも、三回くらいぶはっとしてしまった。

朝の森の中。
子ダヌキが、ぷるぷるしながら二本の足で直立している。
両手をめいっぱいにかかげ、威嚇の姿勢を試みている。
けれどすぐに、すてんと尻もちをついた。

山の中で生きていくのに、争いは避けられない。
ケンカにならないひとつの方法は、相手に逃げさせることだ。
立って体を大きく見せれば、子ダヌキでもイタチくらいは追い払える。
そう教えたけれど、やはりコタローとは体の仕組みが違う。
どうしてもぺたんと座ってしまうので、かえって弱そうに見えた。
でも、かわいらしい。
ぷるぷる子ダヌキを見ていると、守ってやらねばと感じてしまう。
まあ子ダヌキはまだ小さい。
いますぐに教えなくても、問題はない。
今日は終わろうと、子ダヌキの肩に手を置いた。
かえってやる気になったのか、子ダヌキが立ってはぺたんをくり返す。
気づけばずっと見入ってしまい、お店に行くのが遅くなってしまった。

子ダヌキとすごすようになって、だいぶ時間がたった。
その日、コタローはいつものように小熊猫軒にいた。
夕方になったけれど、お客さんがこなくてひまだった。

センセイもうとうとしているので、畑を見にいくふりで店の外へ出る。
すぐに子ダヌキが寄ってきて、コタローの周りをぐるぐる回った。
最近は時間が空くと、こうして子ダヌキの様子を見ている。
「にい」
子ダヌキがこっちこっちと駆けていき、藪の中へぴょんと飛びこんだ。
見つけてごらんと言いたいらしい。
子ダヌキはまだ幼いから、よくこうやって遊びたがる。
最初のうちは相手にしなかった。
でも飽きずになんども誘ってくるので、最近は根負けしつつある。
とはいえ、子ダヌキの居場所はすぐにわかった。
コタローは、鼻が利くから。
だからわからないふりをして、見当違いの藪に手を伸ばす。
きっと子ダヌキは、藪の中ではらはらしている。
それを想像すると、顔がふにゃっとなる。
そろそろいいかなと、コタローは子ダヌキがいる藪の前に立った。
草の中へ手を伸ばした瞬間、背後から人の声がかかる。

「こんにちはー」

振り返るまでもなく、においでムツキとハイヤだとわかった。

コタローはなぜか、一目散に山の中へ逃げてしまった。

けれどふたりは食事をしにきたのだから、店には戻らなければならない。

そっと小熊猫軒のドアを開けると、ムツキとハイヤがおしゃべりしていた。

おなかが空いたと言うだけで、子ダヌキの話はしていない。

ばれなくてよかったと、コタローはそしらぬ顔で料理を作った。


それからしばらくたった日。

コタローが小熊猫軒に向かうと、お店の前に人が立っていた。

「おはよう、コタローさん。仕事の前に、ちょっと話さない？」

ナノカだった。

よくわからないけれど、コタローはうんうんとうなずく。

お店に入り、いつものようにコーヒーを入れようとした。

「待って。コーヒーを入れるとパンダ……七里先生が起きるでしょ。今日はコタローさんと、ふたりきりで話したいんだよね」

ナノカが自分で、ウォーターポットの水をくむ。

「全部伝わるかわからないけれど、なんとなく聞いてくれればいいから」

やっぱりよくわからないけれど、コタローはうなずいた。

「子ダヌキのことなんだけどね」

体が、ぴきんと固まる。

ナノカがセンセイみたいに、くすくすと笑った。

「ばればれだよ。前のコタローさんは、『タヌキ』って聞いたら怒ってたのに」

そうだった。

昔のコタローは、タヌキと思われるのが嫌だった。

「この前ね、月島《つきしま》さんが興奮しながら連絡をくれたんだよ。コタローさんに子どもができたって。びっくりして詳しく聞いたら、子どもはレッサーパンダじゃなくてタヌキかもしれないって。一緒にいた火釜《ひがま》くんが詳しいらしいね」

ムツキとハイヤは、子ダヌキに気づいたのに黙っていたようだった。

「昨日の夕方、私はひとりで小熊猫軒へきたの。でもお店に入らずに、コタローさんが出てくるのを待った。それで風下《かざしも》から尾行して、あの子を見つけたんだよ。しっぽがコタローさんと同じ、あのかわいいタヌキ。一緒に暮らしてるんでしょ？」

コタローは、ぴんとしっぽを立てた。

「いいよ、私には隠さなくて。七里先生にも話さないと誓う。だからこうして朝にやってきて、水を飲んでいるわけだしね」

ナノカはぐいっと水を飲み干し、またコップにそそぐ。

「私はお節介だから、コタローさんの力になってあげたいだけだよ。だってコタローさん、本当は七里先生に子ダヌキのことを言いたいんでしょ？　でも先生の迷惑になると思って、こそこそ隠してる。違う？」

コタローは、なんだかふらふらしてきた。

「七里先生は、きっと子ダヌキを歓迎する。でも子ダヌキは、コタローさんと違ってお店の役に立つわけじゃない。むしろ先生の負担が増えるだけ。コタローさんはそう思ってるんでしょう？　ううん、そう思いたいんだよね。だってそうじゃないと、コタローさんが小熊猫軒にいる理由がなくなっちゃうから」

ナノカの話は、難しくてよくわからない。

よくわからないけれど、わかられている気はする。

「コタローさんは料理ができるから、この店にいられると思ってる。でも料理なんてできなくても、七里先生は優しくしてくれることも知ってる」

思わず、うんうんとうなずいてしまった。

「コタローさんは、いまのままをずっと続けたい。でも役に立たない子ダヌキがお店にいるようになったら、どうしても気づいてしまう。自分も子ダヌキと一緒で、本当は先生の役に立っていないんだって。料理なんてできなくていいんだって」

たぶんナノカは、自分でも気づいてなかったことを言ってくれている。

コタローが、子ダヌキをお店に連れてこない理由。

それは、自分の人間らしさがなくなってしまう気がしたからだ。

「でもね、それは違うよコタローさん」

コタローの頭に、ぽんとナノカの手が乗っかる。

「私たちは、かわいいコタローさんを見にきてるだけじゃないよ。コタローさんが作る料理はもちろん、コタローさんが作ったこの店の雰囲気が好きなの。進んでお手伝いをするお客さんも、キッチンの隅で微笑んでいる七里先生も、全部」

ナノカがにっこり微笑んだ。

「だからコタローさんは、役に立ってるどころじゃない。七里先生はもちろん、お客さんみんながコタローさんに感謝してる。お手伝いの人もどんどん増えてきて、いまではお弟子くんまでいるじゃない」

この間、コタローはミズキと一緒にシュークリームを作った。

ミズキはとても喜んで、いまはコタローから料理を教わっている。

「だからお店に連れてきなよ、子ダヌキちゃん。一番喜んでくれるのは、間違いなく七里先生だよ。だって、コタローさんが連れてきたんだもの。〝先生〟として、こんなにうれしいことはないよ」

ナノカはたぶん、子ダヌキを連れてきても平気と言った。

でもそう簡単に、ふんぎりがつかない。

その夜、コタローはなかなか寝つけなかった。


その次の日。

コタローは子ダヌキを店に連れてこなかった。

そうなることがわかっていたように、ナノカが店にやってきた。

「案外頑固だねぇ。じゃあ考えかたを変えようか。要するに、子ダヌキがお店の役に立てばいいんでしょ。七里先生が楽をできるくらいに。コタローさんみたいに料理はできなくても、ほかにも仕事はたくさんあるでしょ。いまなら忙しいコタローさんの代わりに、お弟子くんが子ダヌキちゃんに雑用を仕こんでくれるよ」

コタローは、腕を組んで考える。
そして夜、子ダヌキに身振り手振りですべてを伝えた。

4

朝に、冷たい空気の匂いがする季節になった。
体に巻きつけていたしっぽをほどき、コタローはうんと伸びをする。
次いで地面を見下ろしたら、いるはずの子ダヌキの姿がない。
「きゅう！」
一大事だと地面に駆け下り、鼻をくんくん動かした。
すると子ダヌキの匂いは、なぜか上から感じ取れる。
寝床の木を見上げると、コタローが眠る場所より少し下にいた。
子ダヌキは木の枝にだらん体をあずけ、すぴー、すぴーと眠っている。
いつの間にか、あんなところまで登れるようになったらしい。
子ダヌキあらため〝ときん〟は、成長がいちじるしい。
ミズキに教わって、キッチンのゴミ捨てができるようになった。

畑仕事では、きゅうりくらいなら収穫もできる。
ナノカに説得された翌日、コタローはちょっと遅れて小熊猫軒に着いた。
ときんと名づけられる前の子ダヌキに、ナノカがショウドクをしてくれたから。
センセイは、ときんが店にきたことを喜んでくれた。
ときんもすぐ、センセイと仲よくなった。
「あなたはこんなに軽いのに、役に立つ子ねえ。あったかいし」
センセイは、膝の上でときんをなでるのが好きらしい。
いまでは昼寝の時間になると、ハンモックにときんもやってくる。
ときんをおなかの上に載せたコタロー。
コタローをおなかの上に載せたセンセイ。
そんな姿を見て、お客さんたちはうらやましがった。
「けっこう重いのよ。でも、とってもぬくぬく」
そう言って、センセイはコタローとときんを一緒にすりすりした。
ときんはちゃんと、センセイの役に立っている。
でも仕事がない時間になると、ときどきふらりといなくなる。
一度、コタローはときんのあとをつけてみた。

すると山の上まで登り、遠くからタヌキたちの縄張りを見ていた。
もしかして、あっちに戻りたいのだろうか。
けれどよく見ると、ときんはちっともさびしそうじゃない。
むしろ目をきらきらさせて、自分と同じくらいの子ダヌキを見ていた。
子ダヌキは木に登り、そこからぴょんと飛び降りる。
下には親ダヌキが待っていて、背中でふわりと我が子を受け止める。
そういえば、ときんがコタローの背中をじっと見ていることがあった。
なにか言いたいのかと目を見ると、ときんはなんでもないと仕事に戻る。
たぶんときんは、親がいない。
あんな風に、遊んでもらったことがない。
コタローもそうだった。
気がついたら山にいたので、親どころか同じ毛色の仲間さえ知らない。
コタローにとって、家族と言えるのはセンセイだけだ。
じゃあときんには、コタローが親に見えているのかもしれない。
コタローは腕を組んで考える。
だからと言って、ときんを甘やかす気はない。

仕事はきっちりしてもらう。
甘やかしていいのは子どもだけだ。
ときんは子どもだけれど、コタローの子じゃない。
そうなんだろうか。
ときんが親だと思っているなら、コタローは親ではないのか。
「きゅう……」
コタローは頭を抱えた。
最近は、難しいことばかり考えている。
自分が親の立場になるなんて、思ってもみなかった。
たしかミズキも、最初はそんな感じだった気がする。
ときんにお手伝いを教えることを、ミズキはとても嫌がった。
でもお客さんが料理を注文すると、覚悟を決めたようだった。
シショウとか、デシとか、そんな言葉を使って。
センセイは、ものを教える人間。
センセイ以外にも、ナノカもモクザンもムイカマチもセンセイ。
みんな、誰かになにかを教えている。

動物も、親ダヌキは子ダヌキに狩りを教える。
ミズキが言っていた。
人間は、どこかで必ず大人にならなければいけないと。
いつなのかは人によるけれど、自分が思っていたよりは早いと。
たぶん、そういうことだ。
コタローも、覚悟を決めた。
親として接してくれた、センセイを支えることを。
親として、ときんを支えることを。
あの日センセイと出会ってから、コタローはずっと幸せだった。
でもいまは、あの頃よりもさらに幸せだ。
それはたぶん、小熊猫軒の仲間たちのおかげ。
みんながコタローを、人間に、親に、してくれた。
だから今日も、コタローは小熊猫軒に向かう。
ときんを連れて。
獣道を下って。
お客さんに料理を作って、おいしいと言ってもらうために。

ときんに生きる方法を教えるために。
自分が〝センセイ〟になるために。
でも、木から飛び降りる子ダヌキを受け止める遊びはやらないつもり。
あれはとっても、痛そうだから。

土樽美土理はグラタンに勝機を見いだした

Koguma nekoken

1

年寄りは、みんな将棋をたしなむ。
若い人なんかはそう思っているでしょうが、実際そんなことはございません。
そりゃあね、あたしも木見木山《きみもくざん》の雅号《がごう》で五十年ほど書家をやってます。
齢《よわい》も古希《こき》、つまりは七十を超えていますから、多少は駒にも触れてきました。
でも実際に「こりゃあ面白い」となったのは、ごく最近のことなんですよ。
きっかけは、あるとき孫にこう言われたんです。
「じいじが、しょうぎをあそべばいいのに」
どういう意味かと尋ねたら、「いっしょにあそべるから」と返ってきました。
どうやら興味はあるけれど、ルールがわからないようです。
さすがにね、あたしも四歳の孫に教えるくらいは朝飯前ですよ。
ではやるかと、ふたりで向きあって盤をはさみました。
不思議なもので、打ちもしないのに我が家には将棋盤があったんです。
弟子の中に、好きなのがいたんでしょうね。

あたしは書家といっても、大家《たいか》と呼ばれるような類ではございません。

作品販売や個展で食べていけるわけもなく、題字作成から、賞状の名前書き、はては学校の書道教員までやっていた時期もありました。

昨今はもっぱら書道教室の講師で、弟子というのも生徒さんです。

本当は生徒さんと呼びたいんですが、当の彼らが弟子を自称するんですよ。

昔のイメージと反して、書道教室は子どもよりも大人が多いんです。

そこに多少の見栄が出るのは、あたしもわからなくはありませんのでね。

いやはや、話が横道にそれました。

ともかく我が家には、ほどほどに立派な将棋盤があったわけです。

駒をひと通り並べると、あたしは動かしかたを教えました。

しかし肝心の孫はちっとも覚えず、飽きてタブレットで動画を見始めます。

「じいじのはなし、よくわからん」

これは慢心だと、あたしは気づかされましたね。

まがりなりにも講師や教員といった仕事をしてきたので、自分には〝先生〟の適性があると思っていたんです。

でもね、そんなものは気のせいでした。

あたしは書をたしなんでいたから、つまりは自分の専門だったから、〝先生〟として受け入れてもらえただけなんです。

分野違いの将棋では、四歳の孫に興味を持たせることもかないません。

考えれば当たり前でも、歳を取ると驕《おご》りはなかなか拭《ぬぐ》えないもので。

この歳になってから、ようやく気づくことの多いこと多いこと。

そんなわけで、あたしは将棋をきちんと学んでみようと思ったわけです。

そしたらこれが、どっぷりはまってしまいましてね。

元来《がんらい》が凝《こ》り性《しょう》なものですから、本読み、字読み、はては動画サイトに入り浸り、最近ではスマホで見知らぬ人と対戦する、なんてことまでしています。


「だから書家なのに、将棋のたとえが真っ先に出てきちゃったのね」

七里さんがころころと、鈴が鳴るように笑いました。

本日の小熊猫軒は、あたしひとりの貸し切りです。

なぜ子ダヌキに〝ときん〟と名づけたのか。

七里さんにそう問われ、茶飲み話を楽しむ午後ですよ。

「でもよかったわね、木山先生。お孫さんの問題が解決できて」

そういうことがありました。

あたしの孫が、保育園でちょいといじめられていたんです。

「いやはやあの件では、本当にみなさんにお世話になりました。特に彼には」

この店には、いっとき水無瀬《みなせ》くんという大学院生がおりました。

彼は教育を学んでいるらしく、その方面の知識を持っていたんです。

具体的にいただいた助言は、保育士に直接相談しろというものでした。

もちろん相談はしていましたが、保育士さんは複数いらっしゃいます。

ひとりに伝えても、問題が正しく共有されるとは限らない。

それが水無瀬くんのご指摘で、あたしは美土理《みどり》先生に面会を求めました。

先生を名前で呼ぶのはいかがなものかと思うのですが、孫の園では男女を問わず下の名前に先生呼びが一般的だそうで。

郷に入っては郷に従えと、あたしもお名前で呼ばせていただいております。

その美土理先生ですが、孫の状況を伝えると初耳とおっしゃいました。

水無瀬くんの懸念《けねん》通り、最初の先生は問題をご共有されなかったようです。

さて、あたしが孫のためにしたことはこれだけです。

たったこれだけなのに、状況は劇的に改善されました。

四歳児のトラブルは、環境次第なところがあるようで。

美土理先生は、園児を乗せるのがうまいおかたです。

ちょっとしたゲームをする際に、いじめっこと孫を同じチームにされました。

仲間を応援することが楽しい。

そう思える雰囲気を作りだすことで、ゲームが終わってからも芽生えた仲間意識を有効に働かせたのだそうです。

おかげで孫は元いじめっこたちが、いまでは一番の仲よしです。

じいじの心境は複雑ですが、〝わかりあう〟とはそういうものでしょう。

さて孫ですが、あたしに相談したから問題が解決したとは思っていません。

しかし水無瀬くんの助言を遂行しなければ、孫はあたしを見損《みそこ》なったでしょう。

「彼に救われたのは孫ではなく、あたしなんだと思います。本当に」

「木山先生らしい考えかたね」

「いやいや。感謝してもしきれないとはこのことですよ」

「その水樹《みずき》くん、春になる前に一度顔を出すみたいよ。よかったわね」

七里さんが膝の上に声をかけました。

ときんはぱっと耳を立て、コタローくんのようにうなずきます。

「ときんも成長しましたね。前はこれほど、はっきり首を振らなかったのに」

「この店の一員になろうとがんばってるのよ。師匠がよかったのね」

ときんはコタローくんと暮らしていますが、師事しているのは水無瀬くんです。

最初は誰かにものを教えるなんて無理だと自信なさげでしたが、彼はその仕事を立派にやりとげました。

「水無瀬くんは、面白い青年ですよ」

なにしろこの店に、「料理を失敗するために」きていたのですから。

彼はずっと失敗することを恐れ、逃げ続ける人生を送っていました。

ですがコタローくんと出会ったことで、失敗を前向きにとらえられるようになったんだそうです。

「面白いというか、かわいいのよね。心が少年だから」

あたしは孫の件で恩があるので、水無瀬くんに書を送りました。

彼のこれからを応援するべく、〝七転八起〟と。

トイレにでも貼って、紙がないときに使ってくれと一筆を添えて。

「その通りだと思いますが、本人が聞いたら落ちこむでしょうね」

「あら、ほめ言葉よ」

七里さんがくすくすと、楽しげに笑いました。

今日のように、ゆっくり時間が流れる小熊猫軒もいいものです。

「しかし不思議ですね。この店にくると、なぜかみぃんな丸く収まります」

あたしの悩みを解決してくれたのは水無瀬くんです。

しかし彼がこの場にいなくても、なんとかなったような気もします。

最初にあたしから悩みを引きだしたのは、たまたま居あわせた少年でした。

博愛少年の風王《ふおう》くんに乗せられて、あたしはまんまと胸の内を語ったのです。

ですが、それも引き金でしかありません。

あたしの心をほぐしてくれたのは、やはりコタローくんの料理でしょう。

「このお店のお客さんは、不思議なことにコタローを受け入れてくれるのよね。料理をするレッサーパンダなのに。要はみんな、お人好しってことよ」

コタローくんがうなずいたので、あたしは思わずふきだします。

まあコタローくんも、小熊猫軒に対しては感謝があるのでしょう。

つまりこの店には、よい循環《じゅんかん》が生まれているということです。

「おっしゃる通りで。ただ、店にこない限りはどうしようもないですな」

あたしはふっと、その人のことを思いだしました。

「あら。木山先生、誰か誘いたいの？　女性？」

「お見通しですか……と言いたいところですが、そんなんじゃありませんよ。孫がお世話になっている美土理先生なんですがね。なにかお悩みがあるようで、ため息をついている姿をよく見かけるんです」

肌つやはいいのですが、どことなく元気がない印象で。

もちろん、あたしの思いすごしかもしれませんが。

「木山先生のお知りあいなら、連れてきてあげればいいじゃない」

「誘いましたよ。孫の件の礼という名目で。ですが応じてくれません」

「警戒されてるのかしらね。男性として」

「よしてください。別にあたしが誘うのが迷惑というわけじゃないんです。なにしろ本人がそうおっしゃいましたから。美土理先生は、『レストランだけは困ります』と断ってきたんですよ」

そこでコタローくんの耳が、ひくりと動きました。

つられてか、ときんも耳をひくひくさせています。

「レストランだけは困る、ねえ。なにか理由があるのかしら」

「わかりません。なぜと尋ねると、『うう』とうめいて逃げてしまうんです」

「なるほどねえ」

七里さんが、いたずらを思いついたような顔で微笑みました。

「その訳知り顔。あたしの話で、なにかわかったんですか」

「そうねえ。わかったのは、木山先生の女性観かしら」

予想外の返答に眉をひそめると、またぞろ七里さんが笑います。

「コタロー、チキンサラダを作ってちょうだい」

いきなりの注文でしたが、コタローくんは頼もしくうなずきました。

「木山先生、そろそろお孫さんのお迎えに行く時間よね。美土理先生に会ったら、こんな風に誘ってみたらどうかしら」

あたしは七里さんから、秘策を伝授されました。

そしてコタローくんからは、テイクアウトのサラダを預かります。

正直なところ、秘策もサラダもピンときやしません。

ですが七里さんの誘い文句を言い、コタローくんのサラダを渡すと、翌朝の保育園で美土理先生から色よい返事をいただきました。

「どうか私を、そのお店に連れていってください！」

あのチキンサラダには、どんな魔法がかかっていたのでしょう。

まったくもって、小熊猫軒は不思議な洋食店です。

2

「いやはや素晴らしい。この時期の高尾は格別ですなあ」

秋の行楽シーズンですので、高尾山には人が多く集《つど》っておりました。

燃え立つような迫力のある紅葉は、まさに目の保養といったところでしょう。

しかしあたしは、もみじ狩りに向かう人波に逆らって森へ入ります。

「お、おじいさま。本当にこんなところにレストランがあるんですか。松茸《まつたけ》とか生えてそうな場所ですけど」

あたしの後を数歩遅れて、美土理先生が息を弾ませました。

心配するのも当然でしょう。

なにしろ小熊猫軒への道は、舗装《ほそう》なんてされていやしません。

下草を踏みしめ山に分け入り、太陽が届かない森を手探りで進む。

おまけに先導するのが老人では、不安でたまらないはずです。

ただですね、小熊猫軒は存外ふもとから近いんです。

「どうかご安心を。ほら、もう見えましたよ」

道をはずれてしばらく歩くと、すぐに視界が広がりました。

「あ、ほんとですね。童話みたいに、かわいいおうちが」

木々の切れ間にぽつんとたたずむ、白い外壁の一戸建て。

その二階は七里さんのお住まいで、一階部分が小熊猫軒です。

「わ、このメニューもかわいい」

店の前に出ていた黒板を見て、美土理先生がスマホを構えました。

黒板にはかわいらしい文字でメニューが記され、コタローくんのイラストなんかも描かれています。

まさかこのレッサーパンダが、料理を作っているとは思わないでしょう。

あたしも童心に返った気持ちで、美土理先生の反応が楽しみになりました。

「筆は違えど、あたしも芸の世界で生きています。この看板は、感謝のようなあたたかい気持ちがこもっていますね」

なんて講釈ぶってみたところ、店の裏手で「にい！」となにかが鳴きました。

「木山先生、いまの鳴き声はなんでしょう」

美土理先生は気味悪そうですが、あたしはもちろん正解を知っています。

「さあ。ちょっと調べてみましょうか」

あえてとぼけて歩いていくと、小さな畑がありました。

ここはコタローくんが管理していて、採れた野菜は小熊猫軒の料理に使われます。

「あ、木山先生なにかいます！」

畑の隅には柿の木があるんですが、その根元にコタローくんがいました。

珍しく四つ足で立っていますが、なにやら浮かない様子です。

はてと見ていると、なにかがコタローくんの上に落ちてきました。

「あぶない！」

あたしは思わず叫びましたが、コタローくんは避けません。

それもそのはず。

樹上から落ちてきたのは、柿の実ではなく子ダヌキのときんでした。

ときんは辺りを走り回り、たいそうご機嫌な様子です。

「いや驚いた。コタローくんも、なかなかいいお父さんですね」

仕事場では厳しく接していますが、ときんはまだまだ子どもです。

見えないところでは、コタローくんもきちんと親代わりをしているようで。

「きゅう」

我々に気づいたコタローくんが、すっくと立って頭を下げました。

すると子ダヌキのときんも、ぺこりと小さく会釈します。

そうして、かたや二本足でとことこと、かたや四本足でちょこまかと、二匹はそれぞれ店へ戻っていきました。

「仕事はしっかりする、という意思表示ですかね。いやはや昔気質《むかしかたぎ》だ」

あたしがひとりごちるかたわらで、美土理先生は放心しています。

「おじいさまがタヌキと話してた……タヌキが二本足で歩いてた……」

ちょっと予想外の出会いでしたが、まあ遅かれ早かれわかること。

あたしは美土理先生に、ざっくりと小熊猫軒の説明をしました。

「さっきのタヌキ、親子じゃないんですか。お父さんのほうがレッサーパンダ？　そのレッサーパンダが料理を作る……？」

美土理先生はますます混乱なさいましたが、百聞は一見にしかず。

あたしは先生をうながして、勝手知ったる料理店のドアを開けました。

「こんにちは。今日は例のヘルシー料理を食べにきましたよ」

声をかけると、厨房のコタローくんがうんとうなずきます。

その足下では、ときんがたったか走り回っております。

さらに奥では、七里さんがいつものように微笑んでおられます。

そんないつもの面々に加え、カウンター席にお客がひとりいました。

あたしは初めて見る顔の、たいそう細身の女性です。

首だけ振り返ったその表情は、なんだかやけに引きつっていました。

「いらっしゃい、木山先生。いつかちゃんは初めてだったわね」

相違ないので、あたしは女性に挨拶します。

「お初にお目にかかります。木見木山と申します」

「ごっ……五香《ごこう》、いつ、いつかです……どうもすみません……」

消え入りそうなか細い声で、女性がぺこぺこ頭を下げました。

「いつかちゃんは看護師さんでね。遠くに勤めてるからご無沙汰してたんだけど、今日は特別にきてもらったの。イラストが得意で、表の看板を描いたのも彼女よ」

口下手らしい五香さんの代わりに、七里さんが説明してくれます。

「ああ、お噂はかねがね。こちらが前にお話しした、土樽《つちたる》美土理さんです。あたしの孫がお世話になっている園の保育士さんです」

などと紹介しましたが、美土理先生は固まったまま。

そりゃあレッサーパンダが厨房にいるのだから、驚いて当然でしょう。

しばらく見守っていると、はっと正気に戻られた美土理先生。

「……私、完全に魅入られてました。えっ、なんですかこの子。おじいさま、なんなんですかこの子。コック帽、めちゃめちゃかわいいんですけど」

両手で口元を押さえ、美土理先生がコタローくんのもとに駆け寄ります。

「えっ、かわいい。えっ、写真撮ってもいいですか？」

おそらく美土理先生は、誰ともなしに尋ねたのでしょう。

しかし返事をするようにうなずいたのは、当のコタローくんでした。

「えっ、返事した……？　いま返事した？　かわいい……！」

あたしのような老人が見ても、コタローくんは愛らしいお姿です。

いわんや若い女性をや、でしょうね。

それから美土理先生はひとしきり、コタローくんの写真を撮ったり、ふわふわした手を握りしめたり、ときんを見て「かわいい」を連呼しました。

「本当に料理してる。コタローさんかわいい。かわいすぎます」

今回は七里さんがメニューを考えてくれたそうで、こちらが注文せずともコタローくんは調理に取りかかっています。

あたしはカウンターの椅子を引き、美土理先生に座っていただきました。

そこへ五香さんが、無言でことりと水を置きます。

いえ、正確には無言ではありません。

「……しゃい……せ……」

なにかぼそぼそ言っているのですが、あたしには聞き取れないのでした。

耳が遠くなった気もしないので、五香さんはおしゃべりが不得手なんでしょう。

「これはどうも。ありがとうございます、五香さん」

小熊猫軒にはいわゆるホールスタッフがいません。

たいていは、お客である常連が給仕を手伝います。

今日はあたしがゲスト連れなので、五香さんは気を回してくれたようでした。

「……いえ、ダジョーブ、デス……」

五香さんが眼鏡の奥で、瞳を激しく左右に揺らしています。

この奥ゆかしさで看護師さんとは、普段の苦労が偲《しの》ばれますね。

「おじいさま。今日はかわいいレッサーパンダのコタローさんが、ダイエットメニューを作ってくれるんですか？」

いまだうっとりした顔で、美土理先生が聞いてきます。

「そうです……よね？」

あたしは七里さんにパスを送りました。

先日、ふたりでこんな話をしたんです。

「ときんが初めて店にきた日、中学生の風王《ふおう》くんが三津代《みつよ》さんの話をしたの」

覚えてるかと問われ、あたしはもちろんですと答えました。

「そのとき木山先生はね、三津代さんのことを『ほっそりした魅力的な女性です』って表現したのよ」

「ええと、おかしいですか？　実際あたしはそう思っていますが」

「三津代さんの体形は、女性としてちょうどいいバランスだと思うわ。実際の〝ほっそり〟っていうのは、このくらいよ」

七里さんはくすくす笑いながら、自分を指さしました。

あたしに言わせれば、七里さんは〝痩《や》せすぎ〟です。

ご病気で入院されていたので、しかたのないことなんですが。

「それから看護師のいつかちゃんとかね。昔の感覚の〝痩せすぎ〟が、いまの〝ほっそり〟くらいなのよ。それを踏まえると、美土理さんはふくよかな女性なんじゃないかしら。そしてダイエット中なんじゃない？」

つまり美土理先生は減量中で、それゆえ会食を拒否したという推測です。

あたしには眉唾《まゆつば》でしたが、ヘルシーなメニューがあると伝えた結果、美土理先生はこうして小熊猫軒にきています。

あらためて見ても、美土理先生は目方《めかた》を気にするほどではないようです。

でもこの感覚、すなわち七里さんがおっしゃった「木山先生の女性観」でものを考える限り、あたしはお役に立てないのでしょう。

「そう。うちの料理はぜんぶコタローが作るのよ。楽しみにしていてね」

七里さんが頼もしく答えました。

今日のところは、オーナーにすべてを委《ゆだ》ねましょうか。

「よかった。ここのところ、ずっと気がかりだったんです」

美土理先生が、はあっとため息をつきました。

「私、食べるの大好きなんです。でも食べたら食べた分だけ、体にお肉がついちゃうんですよね。おまけに最近の子どもは目ざとくて、ちょっと私がぽちゃっとすると、すぐに『先生、太った？』なんて言ってきて――」

「太ってません！」

大声で反論したのは、さっきぼそぼそしゃべっていた五香さんです。

「えっ……あの、うれしいですけど、いつかさんに比べたら私なんて――」

「太ってません！　ちょうどいいです。あたしの状態は、〝不健康に痩せている〟って言うんです。女性はとかく痩せたがりますが、それがどれだけ健康を損なうことかご存じですか？　ＢＭＩも十六を切ったら、もはや摂食障害という病気です。頭痛や腹痛が常態化して、髪も肌も荒れ果てます。生理も不順で、体調がいい日なんてずっとありません。これを元に戻すのに、どれだけの時間がかかるか。あたしは『痩せなきゃ』という強迫観念に駆られた結果、入院するはめになった女性をたくさん見てきました。お願いですから、『痩せたい』という感覚はいますぐ捨ててください。いまの体形に不満があるなら、せめて『より健康になりたい』と意識をあらためてください！」

別人のような剣幕に、その場の誰もがぽかんとしました。

しかし納得しかねるのか、美土理先生がむっとして口を開きます。

「そういう話はよく聞きます。でもそれって、すごく痩せてる人の話ですよね。私みたいなぽちゃとは縁遠い――」

「縁遠くないです！」

「ごめんなさいね、美土理さん。いつかちゃんは責めているわけじゃなくて、心配しているの。そういう患者さんばかり見ているから」

七里さんがフォローに回ると、美土理先生は納得……しませんでした。

「お言葉ですが、いつかさん。だったらなぜ、あなたは痩せているんですか」

「……それは……すいません……その……」

さっきまでの勢いはどこへやらで、五香さんがまごつきます。

「おっ、ひと品目ができたようですよ」

実にいいタイミングで、シェフが料理のお皿をかかげました。

最近大人びてきたコタローくんも、このときばかりは「たべてたべて！」と子どもみたいな表情を見せてくれます。

「最初の料理は、洋風の煮魚ですかね」

コタローくんから受け取った皿には、スズキが一匹丸々使われていました。

スズキはスープに浸されていて、周囲には野菜や貝が散りばめられています。

「アクアパッツァですよね？　たしかに、これなら太りにくいかも」

美土理先生がうれしそうに、料理を口へ運びました。

「おいしい！　にんにくが利いてて、イタリアンって感じですね。コタローさんはイタリアの出身なんですか？」

コタローくんはうんうんうなずきましたが、さすがにそれはないでしょう。

たしか水無瀬くんが、中国やネパールの動物だと言っていた記憶があります。

「うむ。これはうまい」

あたしもアクアパッツァとやらをいただきました。

スズキの身はふわりとやわらかく、香草の仕事か生臭さもありません。

「このほどよい塩気……ああ、ワインが飲みたくなりますね」

その昔、七里さんが調理をしていた頃は酒類も置いていたそうで。

この辺りは免許や責任の問題でしょうから、あたしもわがままは言いません。

「私はあまり飲みませんけど、おじいさまの気持ちはわかります。このスープとか、ごはんにもあうでしょうね」

美土理先生がそう言うと、厨房から手が伸びてきました。

「……あり……す……ライス……」

いつの間に向こうへ回ったのか、五香さんがおずおずと茶碗を差しだしています。

「もう、いつかさん。ごはんなんて、ダイエット中に誘惑しないでください」

「でも……おいしいから……すごく……」

「五香さんは、私を太らせたいんですか？」

また火花が散り始めたのでて、あたしは「まあまあ」と仲裁《ちゅうさい》に入りました。

いつもの小熊猫軒なら、そろそろゲストの心が動き始める頃です。

どうも噛みあわないのは、ダイエットという悩みそのものが原因でしょう。

なにしろ食べれば食べるほど、悩みがふくらんでしまうのですから。

「出されたら、食べないわけにはいかないじゃないですか」

美土理先生がお茶碗を受け取り、アクアパッツァの具とスープをかけました。

「……あ、無理に、食べなくても……処分しますから……」

五香さんが引き留めましたが、美土理先生は止まりません。

「だめですよ、そんなもったいないこと……んー、おいしい！　魚介の味がしみたごはんって、最高ですね！」

寸前までは火花散る様相でしたが、コタローくんの料理に救われたようです。

しかしこのままでは、次のケンカも時間の問題でしょう。

「美土理先生は、お痩せになりたいわけですよね」

早期の解決を目指すべく、あたしはあえて切りこみました。

「そうですね。太ってますから」

美土理先生がじろりと視線を送り、五香さんの発言を封じます。

「あたしは詳しくないんですが、ダイエットというのは、食事を減らして運動なんかをするのでしょう？　その辺りは、どんな塩梅《あんばい》ですか」

「よく誤解されるけど、私は見た目ほど食べないんです。それに一日働くと、運動なんてできないくらいにくたくたになります。なのに痩せないんです」

美土理先生はごはんをスプーンですくいながら、口に運ぶのをためらいました。

「食べることって、幸せそのものよね」

七里さんが言います。

「うちのお客さんの六日町《むいかまち》先生なんて、食べるために働いているようなものよ。お医者さんだから忙しいはずなのに、しょっちゅうやってきて『うまいよ、コタローさん。俺はここで飯を食ってるときが一番幸せだ』、なんて言ってね」

その言葉に、コタローくんが力強くうなずきました。

あたしもお会いしてますが、六日町先生は非常な健啖家《けんたんか》でいらっしゃいます。

「美土理さんも、同じくらい食べることが好きなんじゃない？」

「……はい」

美土理先生が恥ずかしそうにうつむきました。

「だったら食べるのを我慢するのは、相当にストレスでしょう」

「でも……これ以上太ったら……」

「本当に、お米を食べたら太るのかしら。どう、いつかちゃん」

七里さんが五香さんに引き継ぎます。

「欧米からのグルテンフリーブームが、日本では〝糖質制限〟という名前で浸透しました。ごはんやパンといった炭水化物が、肥満のもとと認識されています」

「やっぱり、太らせようとしてたんじゃないですか」

はきはきしゃべる五香さんに、美土理先生がつっかかります。

「違います。一番効果的なダイエットは、昔ながらのカロリーコントロールです。細かく計算するよりも、意識することが肝要なんです。アクアパッツァは比較的カロリーが低め。ごはんを足してちょうどいいくらい？　小熊猫軒への道のりは、けっこうな運動になったかも？　そういう総合的な意識です。保育園の先生は重労働でしょう。消費カロリーも多いはずです。それで体重が減らないなら、間食や飲酒、あるいはストレスからくる甘いもの。そうしたものを、必要以上に摂取していませんか」

「うう……」

覚えがあるのでしょう。

美土理先生が、しょんぼりと肩を落としました。

「すみません。伝えたかったのは、週に一、二回小熊猫軒で食事をすれば、それだけで痩せる可能性が、高い、かも……スイマセェン……」

今度は五香さんがうなだれます。

うまく伝えられず、自己嫌悪におちいったというところでしょうか。

「いつかちゃんが言ってることは本当よ」

今日の七里さんは、普段よりも積極的です。

「本人不在でしょっちゅう名前を出して申し訳ないけど、お客さんの三津代さん。最初の頃はもうちょっとぽっちゃりしてたのよ。それがうちに通い始めてから、みるみるきれいになったのよね。最近では若返った気もするわ」

「……それ、ふーちゃんからも、聞きました——」

五香さんのか細い声を翻訳すると、三津代さんはおしゃれにもなったそうで。

その〝ふーちゃん〟なる人物は五香さんの甥っ子で、風王くんのことだとか。

「じゃあ今日は、少しくらい食べてもよさそうですね」

少しだけ、美土理先生の背中を押してあげました。

「……ああ、おいしい。これならまた成功できそう」

しみじみと、美土理先生がアクアパッツァごはんを食べています。

これで心もほぐれたようで、美土理先生は謝罪を口にしました。

「いつかさん。さっきは感情的になってすいませんでした」

「……いえ、あたしも……スイマ、スイマセェン……」

五香さんも、しどろもどろにお辞儀を返します。

「美土理さん。さっき、不思議なことを言ってたわね。『また成功』って」

七里さんが指摘すると、美土理先生が「はい」とスマホを操作しました。

「実は私、なんどもダイエットに成功しているんです。ほら」

3

見せられた画像には、美土理先生が同僚と並んで写っていました。

「これ、半年前の私です」

正直あまり変わらないようでしたが、いくらか頬がこけて見えます。

「この頃は、いまより十キロ痩せていたんです」

「ということは、半年で十キロ増えたんですか」

驚いて、思わず美土理先生の顔を見てしまいました。

あたしに言えるのは、いまのほうが顔色がいいということくらいです。

「こっちは短大時代です。それからこれも」

キャンパス内の食堂でしょうか。

美土理先生はいまより幼さを感じさせますが、見た目はほぼ変わっていません。かと思いきや、同じ場所での二枚目は五香さん並みの細さでした。

「典型的な、リバウンドです……」

「つまり美土理先生は、太って痩せてをくり返しているということね……」

五香さんと七里さんは、画像を見て唖然としていました。

美土理先生は「なんどもダイエットに成功している」とおっしゃいましたが、はたしてこれは成功なのでしょうか。

「カロリー制限も、糖質制限も、結果にコミットするやつも、みんな試しました。そしてたしかに痩せました。でも気がつくと、もとに戻っているんです」

本人いわく少食で、仕事でも相当にカロリーを消費しているはずです。

「すると美土理先生は、酒をたしなむくちですか」

あたしはまるで変わりませんが、酒は太るとよく聞きます。

「飲めますけど、晩酌の習慣とかはないですよ」

「えっと、あの、おやつは、どうですか……」

五香さんがびくびくしながら、うかがいをたてました。

「それは食べますよ。園では〝おやつの時間〟がありますから。でもそんなにハイカロリーなものは出てません」

　ではなぜと、みんなが首をかしげます。

「きゅう」

　ふいにコタローくんが料理の手を止め、エプロンを脱ぎました。

　そのままキッチンを出てくると、出入り口の前で我々を振り返ります。

「コタローくん。ひょっとして、『畑仕事を手伝え』ってことですか」

　案の定、コタローくんはうんうんうなずきました。

「なるほど。腹ごなしにもなりますね。美土理先生、行きましょうか」

「えっ、おじいさま。食事は？」

　いまだ事態が飲みこめない美土理先生を誘い、我々は畑へ向かいました。

「これは、里芋ですか」

　あたしが巨大な葉を指さすと、コタローくんがうなずきます。

「なるほど。里芋を引き抜くのは、さすがのコタローくんも難しいですね」

　人間と違って身が軽いので、体重をかけても微々たるものでしょう。

「では、美土理先生。おいしいもののために、がんばりましょう」

「そ、そうですね。おいしいもののために」

コタローくんが見守る中、美土理先生は軍手をして里芋の茎をつかみました。

気あいとともに体を傾けますが、芋はちっとも出てきません。

そうして茎と戦うこと十分強。

「やった……！」

美土理先生は見事に、丸々した里芋を掘りだしたのでした。


「ひどいです！　今日はヘルシーメニューだったんじゃないですか！」

瞳にじんわり涙をためて、美土理先生があたしに抗議します。

「汗もかいたから、気分よく食べられると思ったのに。グラタンなんて口にしたら、畑でがんばった分を引いてもカロリーオーバーですよ！」

「いやはやごもっとも。面目《めんぼく》ありません」

コタローくんがテーブルに置いたのは、こんもり具の入ったグラタンでした。

グラタンの材料くらいは、あたしも知っています。

牛乳、小麦粉、チーズにマカロニと、あまり減量には向かないものばかり。

コタローくんを見てみると、「はやくたべて」と期待の眼差しを向けてきます。

ダイエットという意図が伝わらなかったのでしょうか。

いえ、コタローくんは一度だって客を満足させなかったことはありません。

しかし現にこうして、目の前にはグラタン皿が置かれています。

あたしはない知恵をしぼり、この場をどう収めるか考えました。

「まあ食べますけどね。作った人の前で残すわけにはいかないので」

美土理先生がむくれつつ、グラタンを食べ始めます。

「ほら、こってりです。すごくおいしい……ものすごくおいしいですこれ」

ダイエット作戦は失敗に終わりましたが、美土理先生の機嫌は直りました。

いささか肝が冷えましたが、こっちも腹を満たすことといたしましょう。

「うん、うまい。これはたしかに濃厚な味です。具は種々のきのこに里芋、この甘いのは……おや、栗の実だ。なるほど。秋の味覚のグラタンですか」

ほうと膝を打ちたくなる趣向でした。

小ぶりの里芋はほくほく甘く、まいたけやしいたけの味と香りがしみています。

栗もアクセント以上の存在感があり、意外やホワイトソースとあいました。

「これ、カロリー低い、かも……」

厨房にいた五香さんが、グラタンをひとくち食べてつぶやきました。

「いつかちゃん、正解」

ぱちぱちと七里さんが拍手して、コタローくんもうなずきます。

「きのこはもちろん低カロリー。そしてこのグラタンは、ホワイトソースを使っていないの。バターと小麦粉じゃなくて、豆腐と白みそで作ってるのよ」

客陣がみな驚きの声を上げました。

「でも、ちゃんとグラタンですこれ。味もすっごく濃厚で……」

美土理先生は信じられないという顔で、グラタン皿を見つめています。

「そう感じるように具を選んでるの。きのこのだし、里芋のコク、そして栗の実のアクセントがあると、ものが豆腐でもこってり感じるからね」

今度こそ、あたしは膝を打ちました。

低カロリーでこのこってり具合は、減量中の人にはうれしいでしょう。

「じゃあ、おいしく食べてもいいんですか……？　こんなにおいしいのに……？」

「登山と畑仕事で運動もしたから、よりおいしく感じられるんじゃない？」

「おいしい……おいしい……おいしい……」

語彙《ごい》少なめで感動しながら、美土理先生は笑顔でグラタンを食べています。

「これはね、食いしん坊のお客さんと一緒に開発したメニューなの。さっき言ってたお医者さんのことだけど、そろそろおなかが出る年齢でね。転ばぬ先の杖とばかりに、低カロリーのメニューをいくつも考えてくるのよ」

七里さんがコタローくんと顔を見あわせ、一緒にうんうんうなずきます。

「さすがスパダリ……完全に解釈一致……」

五香さんがにやにやしながら、ぼそぼそとなにかつぶやきました。

「いつかさん、いまなんて言ったんですか。ダリとかなんとか聞こえましたけど」

美土理先生がすかさず詰め寄ります。

「ぎっ、擬態《ぎたい》がバレる！　急いでごまかさないと！」

「心の声、聞こえてますけど」

「みっ、美土理さんは、食べ物を残すことに罪悪感を持っているダリ。おそらく職場でも、園児の食べ残しを見て心を痛めているダリ。だから栄養士さんに申し訳なくて、隠れてこっそり食べているんじゃないかと言ったんですダリ。語尾のダリは方言なので気にしないでほしいダリ」

早口でまくし立てた五香さんは、なぜか額に大汗を浮かべています。

そして向きあっていた美土理先生も、なぜか青い顔をしていました。

「どうして……そこまでわかるんですか」
「あっ、あっ、そういう患者さん、たくさんいるので……」
しどろもどろの五香さんは、早くも語尾を忘れたようです。
さておき、あたしは納得しました。
「美土理先生は、〝もったいない精神〟を尊《たっと》ぶかたなんですね」
うちの孫もそうですが、子どもは食事中にテレビを見せると画面に集中してしまって
なかなか食べ終わりません。
保育園では、おやつそっちのけで遊んでしまう子も多いでしょう。
食べるかどうかは別として、手つかずの料理は悲しいものです。
「そんな崇高《すうこう》なものじゃないです。せっかく作ったものが残されると、料理をした人は
とても悲しい顔をするので。母がそうでした」
美土理先生は、あたしが相談するとすぐさま孫を助けてくれました。
きっと、誰も悲しませたくない人なんでしょうね。
「でも、スイマセェン、あの、その考えかたは、直さないと、危険です。残さず食べる
のは、食べているという自覚が、なくなるんで……」
苦しげにしゃべる五香さんの頭に、コタローくんがぽんと手を置きました。

「いつかちゃん。今日はありがとうね」

七里さんも、その肩に優しく手を伸ばします。

おそらく五香さんは、人とのコミュニケーションが相当に苦手なのでしょう。

でも七里さんに請《こ》われ、がんばって専門的な意見を言ってくれたようです。

となればここから先は、ホストが役目を果たしましょう。

「あたしは古い人間ですが、五香さんの意見に賛成です。歳をくうと、残したくなくても胃が縮みます。そうなってくると、最初から量の少ないものを選ぶんですよね。やっぱり食べることは楽しいので」

老いぼれゆえに、言葉に実感がこもっていることでしょう。

「だから苦しみながら食べるなんて、一番つらいことです。美土理先生。こう考えてみてはくれませんか。コタローくんの料理を、カロリーを気にしながら食べることのほうが〝もったいない〟と」

「さすが木山先生。うまいこと言うものね」

笑ってくれた七里さんが、ぱちりと片目を閉じました。

「美土理さん。コタローの料理が気に入ってくれたなら、時間と体力を使ってまたおいでなさいな。最初の頃と違って、コタローも無限に料理を作らないから」

働き始めた頃のコタローくんは、おいしいと言われるのがうれしくて次から次へと料理を作っていたそうです。

最近は大人になって、とにかくお客さんのための料理を志《こころざ》しているのだとか。

この和グラタンなど、まさに思いやりあふれる料理だと思います。

「昔の価値観を重んじることも大事ですが、いまにはいまの価値観があります。美土理先生は、まだこちら側にくるのは早いですよ。ねえ」

七里さんとふたり、目をあわせてにやりと笑いました。

「そう……ですね。このグラタンならダイエットも成功できる気がします。これからは意識を変えつつ、小熊猫軒に通います。みなさん、今日はごちそうさまでした」

美土理先生が頭を下げ、みなもお辞儀を返します。

今回はこれにて一件落着——とはいきませんでした。

4

ひたひたと、冬の足音が高尾山にも聞こえて参りました。

木見木山は今日も今日とて、小熊猫軒で茶飲み話に花を咲かせております。

「六日町先生によく言われるのよね。もっとコタローの料理を食べろって。これ以上ないくらい食べてるっていうのに」

愚痴をこぼす七里さんは、かつて大病をわずらい入院していました。

いま小熊猫軒にいられるのは、六日町先生のおかげだとよく言います。

「まあ医食同源《いしょくどうげん》というくらいで、食と健康は切り離せませんからね」

「おかげで思った以上に長生きしちゃって、余命を忘れちゃうわ」

くすくすと笑っていますが、七里さんの病は完治したわけではありません。

いまは病魔と共存している状態で、安心とまでは言えないんだとか。

普段の七里さんは、こういう話は絶対にしません。

今日はあたし以外に客もいませんし、コタローくんは畑できんと戯《たわむ》れ中。

老い先短いもの同士、気兼ねせずに話せる時間ですよ。

「それなら、常連のあたしがくたばるのも先になりそうですね」

「木山先生には、ちゃんと先生を看取ってもらわないとね。葬儀の看板に『七里家』って書いてもらう予定だから」

「光栄です。それを最後の仕事にしましょう」

ここで縁起でもないと言わないのが、人生のベテランというものでしょう。

「それにしても、美土理ちゃんきれいになったわね」

七里さんが、ふっと遠くを見ました。

「そうですね。園に行くたび、少しずつほっそりしていくのがわかります。でも以前と同じく、笑顔は健康的なままで安心しました」

美土理先生、最初は〝もったいない精神〟との戦いに苦労したそうです。

しかし小熊猫軒に通うため、おいしい料理を食べるため、そんな風に言い聞かせながら、「食べるために食べない」と意識を変えたんだとか。

やっぱりみんな、コタローくんの料理が大好きなんでしょう。

「よかったわ。痩せようと思うと、若い人はすぐに結果を求めて極端なダイエットをしがちだから。花の命は案外長いのにね」

いまもおきれいな七里さんが言うと、なかなかに説得力があります。

「でもまあ、若いというのは素晴らしいことですよ。昔といまでははは価値観がまるで違いますが、若者が悩むのは変わりません。完全に共感はできなくても、やっぱり応援はしたくなりますからね」

悩むというのは、壁を越えるための助走みたいなものです。

我々老人にできるのは、口を出さずに励ますことでしょう。

「そうね。美土理ちゃんも、睦月《むつき》ちゃんも、灰夜《はいや》くんも、水樹くんも。みんななにかに悩んで、気づいて、変わっていく。そういうのをそばで見ていると、自分が消えても世界は続くんだって思えるわ。あらいやだ。こんな話ばっかりして老人会みたい」

七里さんがくすくす笑い、あたしも笑って茶を飲みました。

我々はもう覚悟ができていますので、死後の話題は身近なのです。

「今日は、ちょっと冷えるわね」

窓の外に目をやる七里さんは、コタローくんを探しているようでした。

「そろそろクリスマスですからね。もうお休みになりますか」

「クリスマス……そうね。そういう楽しい時期なのね」

「七里さん、どうかしましたか――」

聞きかけたところ、背後でドアが開きました。

「こんにちはー」

やってきたのは美土理先生で、胸元にときんを抱えています。

足下には、少し疲れ気味のコタローくんもいました。

子どもと遊ぶのは、相当に体力を使いますからね。

「いらっしゃい、美土理ちゃん。本当にきれいになったわ。どうぞ、座って」

どうやら今日は、あたしが給仕係になりそうですね。

それではとエプロンを巻くと、美土理先生からさっそく注文が入りました。

「今日は食べたいものを食べますよ。ほかのお客さんから聞いたんですけど、ビーフシチューがおいしいらしいですね。あと二種のハンバーグと、ふわとろのオムライスもお願いします。それからロールキャベツも追加で」

さすがのコタローくんも、キッチンの中で耳を立てて驚いています。

「美土理先生、冗談ですよね。せっかくお痩せになったのに、そんなに食べたらまた昔みたいにリバウンドしますよ」

老婆心《ろうばしん》ゆえ、少々きつめの言葉でいさめます。

すると美土理先生、満面の笑みでこう答えました。

「私、ダイエットをやめることにしたんです」

小熊猫軒にもろびとこぞりて クリスマスパフェ

Koguma
nekoken

1

「いい？　美土理《みどり》ちゃん。人の体について、あれこれ言っちゃだめなの」

私が保育園に通っていた頃、先生からそんな風に教わった。

でもその理由までは、詳しく聞いていなかったと思う。

だからいざ自分が同じ立場になってみると、園児たちの「なんで」、「どうして」に答えるのが難しい。

というのも、昔の私は太っていることがコンプレックスじゃなかった。

というより、自分が太っているなんて思っていなかった。

私はちょっと肉づきがいいくらいで、周りの友だちとさして変わらない。

恐ろしいことに、高校生まではそんな風に思っていた。

その考えが一変するのは、上京して短大に入った頃。

文章でよく表現する、「折れそうなほど細い腰」なんてレベルじゃない。

キャンパスで周りを見渡すと、肩をたたいたら鎖骨がぽっきりいきそうな、針金みたいに細い子ばかりだった。

東京って、ごはんもろくに食べられないの？

そう思ったけれど、異質なのは私だった。

なにしろオリエンテーションで隣の子の手を見たら、もはや私と厚みが違う。

田舎にいた頃は制服もセーラーで、体形がわかりにくかっただけらしい。

そういえば、電車に乗ったら席を譲られた。

なんで私がと不思議に感じたけれど、妊婦さんだと思われたのかもしれない。

入学初日に感じてしまった、人生最大級のカルチャーショック。

これほど露骨に差があると、自分だけが違う生き物のような気がした。

それまで感じたことのなかった恥ずかしさに襲われ、私は人生で初めてのダイエットを決意する。

すると、これが思いのほか簡単だった。

ひとり暮らしで自炊もできたし、食事のコントロールは楽なもの。

新しくできた東京の友人たちも、ダイエットの情報をたくさん教えてくれた。

おかげで一ヶ月もすると、私のおなかはきちんとへこんだ。

コットンのワンピースを着ても、席を譲られなくなった。

三ヶ月もすると、持っている洋服の大半が着られなくなった。

ジーンズなんてはくと腰ががばがばで、前までこの空間に脂肪が詰まっていたと思うと「ひえっ」と怖くなる。

やったよ痩せたよとガッツポーズをすれば、握った拳に骨も出た。

満足いく結果が出たので、私は生活を元に戻した。

友人たちは「急に戻すとリバウンドするよ」と忠告してくれたけれど、私は「なにそれおいしいの」とばかりに、半チャンラーメンアブラ増しを食べていた。

趣味はなんですかと聞かれたら、私は「食べることです」と即答する。

だからバイト先も、まかないつきのラーメン屋さんだった。

もちろんリバウンドのことは知っていたけれど、私は怖くなかった。

だってダイエットなんて、簡単にできるとわかったから。

そんな風に食生活を謳歌《おうか》していた私は、あるときキャンプに誘われた。

どこかの大学の男の子主催で、湖畔《こはん》でバーベキューをするらしい。

そんなイベント、少女マンガの中にしか存在しないと思っていた。

私の短大は保育系だし、高校も女子高だったので、同世代の男の子なんて中学を卒業してから話してない。

だから以前の私なら、ためらいなく断ったと思う。

けれどダイエットのおかげで、私は自分に自信を持ってしまった。

顔の造作《ぞうさく》は変わってないのに、雪国育ちの肌の白さで自分がまあまあかわいいと思えるようになっていたので、うっかりのこのこキャンプに参加した。

で、彼氏ができた。

マンガの趣味が同じで、長くて飾り気のない麺棒みたいな彼と、キャンプ後にもちょこちょこ会うようになり、三ヶ月ほどしたら「僕とつきあってください」なんて、少女マンガみたいに誠実な告白をされたから。

このときの私が彼を好きかと言えば、「嫌いじゃない」と答えたと思う。

趣味があうから一緒にいて楽しかったし、並んで歩いて肩が触れるとどきっとはしたけれど、それでも仲のいい男友だちくらいの感覚だった。

だから私は、正直に言った。

「おつきあいすると、なにがどう変わるの」

まあ恋人っぽいことをするのはわかるけれど、そのせいでいまの楽しい関係が終わるような気がして不安になったから。

我ながら子どもじみていると思うけど、実際に若かったのだからしかたない。

「ケーキを二種類頼んで、半分ずつシェアできるようになる」

そんなことはいまでもできる、というかしている。

「じゃあなにも変わらないよ」

彼は照れたように笑い、なにも変わらないならいいかと私もオーケーした。

交際が始まってみると、たしかに彼は変わらなかった。

チャットアプリで連絡を取ると、彼は即座に返信をくれる。

私が話題に出したマンガやドラマは、次に会うとき全部見てきてくれる。

デートでラーメンの替え玉を頼んでも、彼はひかずに笑っている。

もしかしてこの人、私を大好きなのでは？

そう思えることが多かったので、本人に直接聞いてみた。

返事の代わりにキスされた。

それまでの人生で、両親以上に自分を愛してくれた人はいないと思う。

その両親だって、大人になると露骨な愛情は見せてくれない。

誰かから愛されるというのはとてもうれしく、気持ちよく、幸せな気分だった。

ほかの人は知らないけれど、私は愛されたら愛を返したい。

だから私もチャットを早く返したし、彼の好きなものを好きになる努力をしたし、ときどきはこっちからだってキスをした。

つきあって半年ほどたっても、彼は私を好きだと言ってくれる。

私も彼のことが好きだけれど、たぶん彼が私を愛するほどじゃない。

だって少女マンガで読んだように、会えないときに泣いたりしない。

恋しくて胸が苦しくもならないし、「会いたい……」とかチャットもしない。

ただ楽しいから会っているだけ。

でもいまの生活から彼がいなくなったら、きっと悲しむだろう。

いまが一番幸せな気がするから、ずっとこのままがいいと思う。

愛とか恋という単語に対し、私は自分とは遠いものと考えていた。

だから自分の気持ちが愛とか恋とか、きっぱり言い切れない。

そこでこのときの私は、自分のほうが優位にあると認識した。

いずれは彼と同じくらいの愛情を持つのだろうけれど、いまは彼のほうが私を好きだから、フラれることはまずないと甘く見た。

こう言うと破局の前触《まえぶ》れのようだけれど、私たちはいまも一緒にいる。

ただある日、彼がこう言ったのだ。

「美土理ちゃん、太ったね」

青天の霹靂《へきれき》とはこのこと。

彼とシェアする以上にケーキを食べ、バイト先の店長が「若いんだから」とまかないをたくさん作ってくれたことが災《わざわ》いし、私の体形はすっかり元に戻っていた。

より正確に言えば、痩せる前より体重が五キロオーバーしていた。

彼は感想を述べただけで、私に「痩せろ」とは言っていない。

けれど私はこのときに、お互いの愛情バランスが逆転したと感じた。

彼はおそらく、日に日に肥えていく私を冷めた目で見ている。

このままでは近い将来、私は捨てられてしまう。

そうなることを恐れたのだから、私は彼を愛しているに違いない。

このままじゃまずいと、私は愛の力をすべてダイエットにそそいだ。

すると、またも簡単に痩せた。

どうも私は、太りやすく痩せやすい体質であるっぽい。

おかげでその後も、私は太ったり痩せたりをくり返した。

彼は変わらずに照れくさそうに愛をささやいてくれたし、その頃には私も同じレベルで気持ちを伝えられるようになった。

希望していた園に就職も決まり、私は相変わらず太ったり痩せたりしながら、わりと真面目に働いて数年がすぎた。

すると周りの友人たちに、結婚するカップルが現れた。
ああもうそんな年齢かと、隣でテレビを見ている彼を見る。
つきあいが長くなり、彼のいいところも悪いところも知るようになった。
でもプロの目で見ても、彼はいいパパになると思う。
そんなことをぼんやり思っていたら、番組がCMに入って彼が言った。
この流れならプロポーズかと思いきや、彼が放った言葉が衝撃的すぎる。
「美土理ちゃん、最近また一段と太ったね」
画面には、内臓脂肪をなんとかしてくれるサプリのコマーシャルが流れていた。
彼の悪いところは、悪気なく人の体形をとやかく言うこと。
保育園で先生から教わらなかったのだろうか。
いや、そんなことはどうでもいい。
いままで彼は、私に「痩せろ」と言ってきたことはなかった。
しかし今回はただの「太ったね」ではなく、「一段と」を添えてきている。
実際、私の体重は過去最高のレコードをたたきだしていた。
その理由は、昔ほど簡単に痩せられなくなったから。
体重が落ちるには落ちるのだけれど、年齢のせいか痩せるスピードが遅い。

目標体重に到達する前に食欲の限界がきてしまい、少し体重を減らしただけでもとの食生活に戻ってしまう。

おかげで年に四、五回、ダイエットに挑む生活だった。

そんな折にくりだされた、彼の「一段と」発言。

その上、周囲には結婚する友人が現れ始めた年齢。

彼だって同い年なのだから、結婚は意識しているはずだ。

いまは私を相手に想定してくれているかもしれないけれど、先の数ヶ月で見切りをつけられる可能性はある。

次のダイエットは、私史上最大の難易度になるだろう。

そしてうまく痩せることができたら、もうこっちからプロポーズするしかない。

結婚しちまえばこっちのもんだ、ふははははは！

などと悪役っぽくがんばったものの、私はまるで痩せられなかった。

食事制限はもちろん、運動もしたし、痩せる油も試したし、例の内臓脂肪のサプリも飲んだけれど、私の体重は微動だにしてくれない。

げっそりするのは気持ちばかりで、でっぷりしたおなかのお肉は変わらない。

すると園児の保護者さんが、見かねたように食事に誘ってくれた。

「美土理先生、なにやら青息吐息《あおいきといき》ですね。お疲れでしたら、おいしいものでも食べに行きませんか。先日のお礼も兼ねて」

おじいさまこと木見木山《きみもくざん》先生は、毎日お迎えしているのでよく話す。

自分のことを「あたし」というおしゃれな紳士で、書道の先生をしているらしい。

お預かりしているお孫さんが園で仲間はずれにされたことがあり、私もうまく対処できたので、お礼をしたいという気持ちはわかる。

でもいまだけは、その誘いに応じるわけにはいかない。

断るとおじいさまは悲しい、というより心配そうな顔をした。

申し訳ないなあと思っていると、後日にまた声をかけられた。

「――その店は、ヘルシーなメニューを用意しているんです。ダイエット中の人でもカロリーを気にせず食べられるとか。それで痩せたお客さんもいるそうで。今日はサラダをテイクアウトしたので、よかったらどうぞ」

おじいさまは、よほど私をそのお店に連れていきたいらしい。

とはいえ受け取ったサラダは、チキンと野菜だけでなんの変哲もなかった。

まあ断って捨てられたりしたらもったいないので、帰宅してからいただいた。

そしたらこれが、びっくりするほどおいしかった。

ドレッシングも絶妙だけれど、野菜の味そのものが〝違う〟という感じ。

いままでサラダを食べて、こんなに満足感を得たことなんてなかった。

これで痩せられるなら最高だと、私は翌日おじいさまにすがりつく。

「どうか私を、そのお店に連れていってください！」

2

小熊猫軒というその料理店は、高尾山のふもとでひっそり営業していた。

料理をするのはコック帽をかぶったレッサーパンダで、人の言葉を理解する。

助手は小さな子ダヌキで、ほかのスタッフは先にきていたお客さん。

こんな説明をしても、きっと誰も信じないだろう。

でも実際にレッサーパンダのコタローさんに会うと、このおとぎ話みたいな現実を受け入れるのは難しくない。

なんていうか、コタローさんはとにかく自然だから。

キッチンの中でスツールをふみ台にして、真剣な顔で料理をする姿。

それがさまになっているというより、小熊猫軒というお店になじんでいる。

冷蔵庫から卵をそっと両手で運ぶ姿も、アクをこまめに取る様子も、コタローさんがこの店で長く仕事をしているのだと感じさせてくれる。

このお店ではそれが当たり前とわかると、人はとたんに安心するもの。

保育士なんてノリがよくてなんぼなので、私はすぐにコタローさんを受け入れた。

しばらく待って出てきた料理は、まさに夢見心地のおいしさで。

しかもグラタンなのに低カロリーと、ますます夢のよう。

おまけに看護師のお客さんもいて、ダイエットの適切な助言までしてくれた。

いつかさんとは連絡先を交換したので、チャットアプリでときどき話す。

運動をせずに食事制限だけで痩せると、脂肪だけでなく筋肉も落ちるらしい。

筋肉が落ちれば代謝が減るから、体は必然太りやすくなる。

私は学生時代から、せっせと自分を太りやすい体に改造していたそうだ。

ショックだったけれど、その後にきちんとアドバイスももらった。

たとえばカロリー制限は必要だけど、食事の回数に制限はないとか。

バランスの取れた栄養食を作って、それを五回に分けて取る。

そうすると空腹感を抑えつつ、体に筋肉もつきやすくなるらしい。

リバウンドをしないためには、どうしても運動や筋トレが必要。

いまはアプリや動画もあって、家の中でも気軽に運動を始めやすい。

特にオススメされたのが体を動かすボクシングのゲームで、なにがいいってコーチ役の声優さんがいいのだと延々語られた。

そんなわけで私は、いつかさんに教わった方法を実行しつつ、三日に一回は山登りして小熊猫軒に通い、畑で働いておいしい低カロリー料理を食べた。

すると体重はするする落ち、筋肉がついたのか立ち姿もぴんとしてきた。

園児たちにも「太った」と言われなくなり、彼も「すごい」とほめてくれた。

これならもう、体形を理由にフラれることはない。

よしプロポーズだと思った矢先、まさかの大事件が起こった。


「私、ダイエットをやめることにしたんです」

小熊猫軒を訪れて、お店の人々にそう告げる。

「な、なんでまた」

目を白黒させて驚いたのは、木山先生ことおじいさま。

私はこのお店で、自分がダイエットしたかった理由を話していない。

彼にフラれないために痩せたかったなんて、恥ずかしくて言えなかった。

でも今日こそは、きちんと伝えなければならないと思う。

「私、妊娠したんです。春に結婚します」

事実が判明して報告したとき、彼は驚きのあまり固まった。

問題はその後の反応だけれど、彼はほろほろ泣きながらプロポーズしてくれた。

今度は私が驚いたけれど、やっぱり涙を流しながら謹《つつし》んで受けた。

この大事件の顚末《てんまつ》を報告すると、小熊猫軒のみんなも喜んでくれた。

「いやあ、よかったですね。そりゃあダイエットもやめるはずです。生まれてくる子どものためには、たくさん栄養を取らないといけませんしね」

おじいさまはそう言ったけれど、実は赤ちゃんは関係ない。

妊娠を報告した際、彼は泣きながら教えてくれた。

どうも、私がおいしそうに食べるのを見るのが好きだったらしい。

これからはそこに子どもも加わると想像すると、途方もなく幸せを感じて涙が止まらなくなったそうだ。

「なるほど、おいしい顔ですか。コタローくんと同じですね」

ダイエットを中止した理由を話すと、おじいさまが目を細めた。

コタローさんはぶんぶんと、激しくうなずいている。

お店に通うようになって、コタローさんのこともいろいろわかった。

コタローさんは、自分を人間だと思っている。

料理を作ってお客さんのおいしい顔を見ると、その思いがますます強くなる。

たぶんそういうことだと思いますと、常連客の一ノ関好一《いちのせきこういち》くんから教わった。

「彼はむしろ、太っている私のほうが健康的に見えて好きだそうです。結局は、おじいさまがおっしゃった通りになりましたね」

「やっぱりそうでしょう。これを機に、七里《ななさと》さんも食べる量を増やしませんか」

「いいかもね。シワも伸びそうで」

お歳を召したふたりはご機嫌だけれど、私も一緒に笑っていいのか迷う。

「いやはや、ここのところ小熊猫軒は明るい話題が多いですね」

「そうね。ときんもいるし、美土理ちゃんの子どもを見るまで長生きしないと」

こういう雰囲気も、悪くないなと感じた。

小熊猫軒のお客さんは、みんなこのお店に感謝している。

だからコタローさんや七里さんに、恩返しをしたがっている。

それは給仕や畑仕事のお手伝いだったり、コタローさんのコック帽だったり、お店の前の看板のリニューアルだったりとさまざまだ。

私にできる恩返しは、たぶんお店へ顔を出すことだと思う。

コタローさんにおいしい顔を見せて、七里さんに赤ちゃんを見せる。

そうやってお店の一員になれたら、きっと私も赤ちゃんもうれしい。

「本当にうれしいわ。美土理ちゃんのおめでた、最高のクリスマスプレゼントよ」

七里さんの言葉に、私とおじいさまは顔を見あわせた。

「あら、どうしたの。ふたりとも気まずそうな顔して」

「い、いえ。ぜんぜん気まずくなんてないですよね、おじいさま」

「え、ええ。おや、一品目がきましたよ。さすがに美土理先生おひとりでは食べきれないでしょうから、不肖《ふしょう》木山もご相伴にあずからせていただきます」

私たちが、あわてふためいたのにはわけがある。

実は小熊猫軒へのクリスマスプレゼントは、別に用意してあるからだ。

3

各人のスケジュールの都合で、私たちのクリスマスは二十六日になった。

私たちというのは、ここ数ヶ月で小熊猫軒の常連になった人たちのこと。

コタローさんや七里さんに恩返しをしたくても、お手伝いをするお客さんはすでに多くて、私たちには感謝を示すチャンスがない。

そこで私たちはパーティーを企画して、サプライズを演出することにした。

二十六日には、小熊猫軒でパーティーをする。

そう触れこんでおいて、準備はコタローさんたちと一緒にする。

でも裏では有志でこっそり集合し、着々と出し物の練習をしていた。


「なのに、私が寝坊するなんて！」

ぼやきながら、高尾の山をわしわしと登る。

さいわい雪は降っていないけれど、荷物があるせいで歩みは遅い。

でもようやく、白い建物が見えてきた。

レンガ作りの玄関ポーチへ上がり、なじみの店のドアを開ける。

「メリー・クリスマス！」

あたたかい空気と、あたたかい声が迎えてくれた。

「美土理さん、遅いですよー。もう始まる直前です」

常連の二宮二葉《にのみやふたば》ちゃんが、私のコートを脱がしてくれる。

「あっ、まずは、あっ、すいません、乾杯を……」

グラスを渡してくれた五香《ごこう》いつかさんは、チャットアプリだと饒舌《じょうぜつ》なのに実際に会うとしどろもどろだ。

「それじゃ、始めましょうか。メリー・クリスマス！」

一ノ関くんが音頭《おんど》を取り、全員がジュースで乾杯した。

「みなさん、どんどん召し上がってください。コタローさんが、朝から張り切って愛があふれる料理を作ったので」

中学生の豊四季風王《とよしきふおう》くんが、一ノ関くんと一緒にキッチンから料理を運んでくる。

今日はキッチンも開放され、即席のテーブルがあちこちにあった。

私は間にあったことにほっとして、入り口脇のテーブル席につく。

「あっ、フィッシュアンドチップス！　スコッチエッグも！」

目の前に食べたかった料理を見つけ、私はテンション高くいただいた。

「んー、おいしい！　でもこの料理の量、コタローさんが全部ひとりで作ったわけじゃないですよね？」

隣に座っていたおじいさまに聞いてみる。

「そうですね。水無瀬《みなせ》くんと、三津代《みつよ》さんも手伝ったみたいですよ」

三津代さんは二葉さんのお母さんで、コタローさんのコック帽を作った人。

水無瀬くんは有志の一員だけれど、練習が少ないのでパーティーの準備をメインで担当してもらっている。

「私はほとんどなにもしてないわ。師弟コンビのサポートね」

三津代さんがピザのお皿を置いて去っていった。

キッチンを見ると、水無瀬くんがじゃがいもの皮を剝いている。

その足下では、ときんちゃんが野菜クズをくわえてゴミ箱に捨てていた。

「かわいい……」

いつ見ても、その働きぶりには頰がゆるんでしまう。

「あれ。コタローさん、なんだか元気ないみたいですけど」

いつものように真剣な顔つきで料理をしているけれど、その耳がなぜかぺたんとしおれている。

「そういえば、七里さんの姿も見えないし」

「実は……七里さんは急遽入院することになりまして」

おじいさまの言葉を聞いた瞬間、血の気が引いた。

七里さんは、大きな病気をしてまだ完治していないと聞いている。

「そんな……お体は大丈夫なんですか」

このパーティーは、七里さんとコタローさんのために開いたものだ。

それが間にあわなかったなら、私たちが準備してきたことの意味がない。

「先生のことなら大丈夫よ。ただの風邪だから」

いないはずの人の声が、くすくすと聞こえてきた。

カウンターのテーブルを見ると、一台のノートパソコンが置いてある。

画面のライブ映像には、ベッドで上半身を起こした七里さんが映っていた。

「きゅう！」

「にい！」

コタローさんとときんちゃんが、パソコンの前に飛んでいく。

きっと二匹は、ものすごく、ものすごく、七里さんを心配していただろう。

見ていると、なんだか涙があふれてきた。

「美土理ちゃんにも、心配かけちゃったわね。ごめんなさい。パーティーの準備で少しはりきりすぎたみたい」

「よかった……お元気そうで」

入院している人に言うのもなんだけれど、七里さんは顔色がいい。

「先生は元気よ。パーティーには参加できないかと思ったけど、なんだったかしら。リモート？　これのおかげで一緒にいるみたい。ほら、先生もいらっしゃいな」

七里さんは元教師だったそうで、自分のことを「先生」と呼ぶ。

ただ二回目に呼んだ「先生」は、おそらくドクターのことだ。

「ああ、そっちは楽しそうだね。五香さん、俺の分まで食事を堪能してくれ」

医師の六日町《むいかまち》先生が、うらめしそうな目をカメラに向ける。

この人は七里さんの主治医で、いつかさんとも面識があるらしい。

とにかくコタローさんの料理に目がない人とのことで、今日も七里さんが急に発熱しなければパーティーに参加する予定だったようだ。

「みなさん注目してください！　待望のデザートです！」

有志でもある高校生の月島睦月《つきしまむつき》さんが、キッチンの中で視線を集めた。

今日はクリスマスだから、デザートと言えばケーキだろう。

しかしキッチンの中に、それらしきものは見当たらない。

「……残念だが、ケーキはない……世の中そんなに甘くない……」

同じく有志の火釜灰夜《ひがまばいや》くんが言うと、みんなが落胆の声をもらした。

私はがっかりしすぎて声も出ない。

「僕と三津代さんがサポートしても、コタローさんは料理を作るので手一杯だったんですよ。わかると思いますけど、圧倒的に人手が足りないんです。なのでデザートは、みなさんが作ってください」

水無瀬くんの言葉に、みんなざわめいた。

やがてテーブルの上が片づけられ、代わりに小皿やコップがたくさん並ぶ。

「みなさん、クリスマスパフェってご存じですか？」

一ノ関くんが言い、全員が首を横に振った。

テーブルの上には、カットしたイチゴやバナナといったフルーツのほか、チョコレートのスナック菓子やコーンフレーク、そして白い生クリームに色とりどりのチョコスプレーなどが用意されている。

「こうやってグラスの中に好きなものを入れていって、自分で作るオリジナルパフェです。子どもでも楽しめるし、誰が一番写真映えするかを決めたりするのも盛り上がりますよ。ちなみにこれは、コタローさんをイメージしました」

ことんとテーブルに置かれたグラスには、生クリームの間にカステラやビスケットがはさまれ、頂点にリンゴのうさぎが飾られていた。

「先輩、微妙です」

かわいそうに二葉さんに切り捨てられ、一ノ関くんがずんと落ちこむ。

「こういうのは書と同じです。しっぽのイメージを強調しましょう」

「ぼくは愛をモチーフに」

おじいさまと風王くんが、素材を吟味し始めた。

コタローさんもときんちゃんと一緒に、遊ぶように一品作っている。

「私は小熊猫軒が、もうひとつの家みたいに思うことがあるよ」

有志のリーダー、日南七日《にちなんなのか》さんがしみじみとつぶやいた。

「なのかちゃんの言葉は、相変わらず途中が抜けてる。でもこうして見ると、たしかにみんな家族みたいな感じ」

月島さんが答えると、そこに火釜くんが反応する。

「……家族……か。俺は人づきあいがうまくないが、この店はとても居心地がいいと感じる。俺たちがコタローさんという存在を受け入れたように、コタローさんも俺たちを受け入れてくれたからだろうな……」

「ちょっと火釜、なに言ってるかぜんぜんわかんない」

高校生ふたりのかけあいに、私は思わずふきだした。

「私は、ちょっとわかるかな」

日南さんが、生クリームとチョコだけのずぼらパフェを作りながら言う。

「私はいろんなものに妥協しているというか、面倒を避けたくてある種のことから遠ざかるというか、そういう節があったんだけど。でもこのお店にいると、そういうのもいいなあと思えてきたんだよね」

「そういうの？」

どこかふんわりした話なので、聞き手がみんな首をかしげた。

「家族……なのかな。小さなときんを見たり、幸せそうな美土理さんを見ていると、恋愛して結婚っていうのも、自分の選択肢にあってもいいのかなって」

「マジでっ⁉」

聞き覚えのない声が、ひときわ大きく叫んだ。

「あ、本八幡《もとやわた》くん。料理の配達、お疲れー」

二葉さんがノートパソコンに向かって声をかける。

本八幡さんも常連さんで、二葉さんの同級生であるらしい。

そして日南さんにとっては教え子で、かつ歳の離れた幼馴染みである模様。

彼もパーティーに参加予定だったけれど、七里さんの入院を受けて料理を届ける役目を担った、というか、頭の上がらない二葉さんに命じられたそうだ。

「なのかちゃん、それって俺にもワンチャンあるってこと？」

「やっちゃん、黙ろうか」

「親父と俺は別の人間だってわかってくれたし、高校卒業したらもう先生と生徒の関係でもないいっしょ？　俺、いまでもなのかちゃんのこと本気だから！」

つまるところ、日南さんは本八幡くんの初恋の人であるようだ。

「有志集合！　申し訳ないけど、このタイミングでやります！」

リーダーの命を受け、私はあははと笑いながら荷物を開ける。

中に入っていたのは、園でも使っている鍵盤ハーモニカだ。

「じゃ、いきます」

日南さんの合図を見て、私はイントロを弾き始める。

火釜くんがビートボックスで、ベースとドラムを口ずさむ。

月島さんのギターが重なり、日南さんが『もろびとこぞりて』を英語で歌った。

四人の前ではダンサーとして、ときんちゃんが左右に揺れている。

私たちのサプライズ演奏に、常連組は驚きつつも手拍子をくれた。

一番驚いているのはコタローさんのようで、揺れるときんを見て震えている。

園でもよく見る光景だった。

子どもの成長を感じた親は、みんなこんな風に感動する。

コタローさんが本当に人間だったら、きっと涙を流しているだろう。

私たちはクリスマスソングを立て続けに演奏した。

最後の曲ではやけになったのか、本八幡くんも熱唱していた。

でも、サプライズはこれで終わりじゃない。

「メリー・クリスマス！」

拍手が響く小熊猫軒に、新たなゲストが登場した。

赤い服を着て白い髭を生やした、ちょっと細身のサンタクロース。

もちろん中身はおじいさまで、横にいるトナカイの着ぐるみは水無瀬くんだ。

私たちが演奏で注目を集めている隙に、ふたりがこっそり抜けだして変身するのが本日のメインイベントだった。

「よい子のみんなに、お菓子のプレゼントじゃよ」

おじいさまはノリノリで、みんなにプレゼントを配っている。

「コタローさんとときんには、アップルパイだ」

水無瀬トナカイが配ったお菓子は、もちろん彼の手作りだ。

レッサーパンダとタヌキの二匹が、クリスマスを知っているのかわからない。

それでも喜んでいるのは伝わってくるので、私たちは最高の気分だ。

「七里さんにも用意してあるから、早く退院して帰っておいで」

おじいさまが言うと、七里さんはくすくす笑った。

「サンタさん。そこは〝奈菜《なな》ちゃん〟って名前で呼んでほしかったわ」

あたたかい空気と、あたたかい声。

もうひとつの家のような、居心地のいいお店。

私たちが主催したパーティーは、見事大成功に終わった。

4

生後三ヶ月にもなると、娘は私に似てころころしてきた。

六ヶ月のいまは離乳食を残さず食べ、抱き上げると腰にずんとくる。

「美土理ちゃん、大丈夫？　危なくない？」

小熊猫軒へ向かう山道で、夫はさっきから落ち着きがない。

「問題ないってば。私も少しは運動しないと」

小熊猫軒未経験の夫からすれば、この道のりは不安に思うだろう。

でも慣れた私には、そこらの道路を歩くよりも危険がない。

「いや、美土理ちゃんもだけど、娘も」

「もう首も据《す》わったでしょ。男の人って、みんな赤ちゃんを怖がりすぎ」

初めての外出では私も緊張したけれど、いまはすっかり慣れていた。

たぶん母親として肝が据わったのと、娘が意外と頑丈《がんじょう》だからだろう。

「それに小熊猫軒は、もう見えてるよ」

険しい道と感じるのは最初だけで、場所がわかればすぐに着く。

春の木漏れ日が射す森を抜けると、あの白い建物が見えてきた。

「ああ、帰ってきたって感じ」

ほとんど一年ぶりに目にする、お店の前のブラックボード。

メニューやイラストが少し変わっているので、いつかさんが描き直したのだろう。

「美土理ちゃん見て。タヌキがいる」

レンガ作りの玄関ポーチの前に、ちょこんとタヌキがお座りしていた。

「えっ、ときんちゃん？　すっかり大きくなって」

「にい」

ときんちゃんはあどけなさを残しつつも、ふんわり丸く成長していた。

娘を抱えているので遠慮したけれど、本能的にぎゅっとしたくなる。

「じゃあ、入ろうか。中ではさまざまな驚きが待ち受けてると思うけど、私はかまってあげられないから。あなたはがんばって、ひとりで受け入れて」

夫に告げて、私は小熊猫軒のドアを開けた。

「こんにちは」

ドアを開けると、せまい店内に人が大勢いた。

いつものカウンターは椅子が取り払われ、空いたスペースに大きなテーブルがでんと設置されている。

テーブルの上にはおいしそうな料理がたくさん並んでいて、それを囲んでいる面々が私を見て一斉に「いらっしゃいませ」と笑った。

「うわぁ、かわいい！　女の子ですよね？」

二葉さんと月島さんが駆け寄ってくる。

私が出産でご無沙汰している間に、二葉さんは大学生になっていた。

どうやら一ノ関くんと同じ大学に入ったらしい。

「美土理さん、抱っこさせてもらってもいいですか」

月島さんに「もちろん」と返し、私は抱っこひもをはずす。

「かわいい……」

ふたりともが満面の笑顔で、抱いた娘に見入っていた。

今日は娘も機嫌がいいらしく、だぁだぁと愛嬌《あいきょう》を振りまいている。

「美土理さん、私もいいかしら」

「あたしもぜひ」

今度は三津代さんと、おじいさまがやってきた。

「ああ……なんてかわいい子。ほっぺたのふくらみかたがお母さんそっくり」

「ですなあ。この子もきっと美人になります」

さすがにふたりは慣れていて、娘も安心しきっている。

「ほら、風王くんも抱っこさせてもらったら？」

「いや、ぼくは……」

三津代さんに話をふられて、中学生の風王くんは戸惑った。

いつもは大人びているけれど、こういう反応はやっぱり中学生らしい。

「赤ちゃんは愛の結晶よ。愛を知りたいなら、肌で感じてごらんなさい」

「三津代さんがそこまで言うなら……美土理さん、ぼくもいいですか」

風王くんに尋ねられ、私は笑顔を返す。

母親になってわかったけれど、基本的に娘を抱いてもらうのはうれしい。抱いてくれた人たちが、みんな幸せそうに笑うから。

「……顔が、自然に笑います。今日初めて見た赤ん坊なのに、とても愛おしいという気持ちが生じてきました」

さすがの的確な感想に、娘もきゃっきゃと笑った。

「じゃあ、次は……」

風王くんが振り返ると、居並ぶお客さんたちがぶんぶん首を振った。

「ぼ、僕は遠慮します。ほかのかた、どうぞ」

顔を強ばらせたのは、出版社に勤め始めた水無瀬くん。

「……俺が抱いたら〝穢《けが》れ〟が移る……」

なんて顔をひきつらせたのは、ひねくれ高校生の火釜くん。

「……あっ、じょ、女性がみんな赤ちゃんを、す、好きとか、あっ、大いなる、偏見です……子ども、苦手な女性もいます……」

わなわなと震えているのは、看護師のいつかさん。

仕事で人に触れることが多いだろうに、相変わらずな反応に笑ってしまう。

「み、右に同じ。落としたらと思うと、怖い」

クリスマスパーティーでは「家族もいいかも」なんて言っていたけれど、まだ日南さんも〝なじめない組〟らしい。

「無理にとは言いません。赤ちゃんを抱かせようとするのは、一種のハラスメントだと思います。ですがぼくは自分で抱いてみて、人に勧めたくなる理由がはっきりと理解できました。落とすことはないと思いますけど、ハンモックの上で抱っこすれば安心ではありますね」

風王くんが、隅のハンモックのところへ移動する。

「それなら……」

興味がなかったわけではないらしく、日南さんが娘を抱いてくれた。

「……幸せが流れこんでくるみたい」

最初はおっかなびっくりだったけれど、やっぱり日南さんも自然と笑っていた。

「じゃあ、僕もいいですか。コタローさんたちは抱っこできないので」

了承すると、一ノ関くんが娘を受け取ってその場にあぐらをかいた。

そこへコタローさんとときんちゃんがやってきて、じいっと娘の顔を見る。

娘もぽけっと口を開け、ふさふさした二匹の顔を見つめ返した。

娘にとっては、生まれて初めて見るレッサーパンダとタヌキだ。

コタローさんたちにとっても、人間の赤ん坊は初めてかもしれない。

お互いがお互いをしばし見つめていたけれど、先に反応したのは娘だった。

「だあ」

娘が笑うと、コタローさんはうんうんうなずいた。

ときんちゃんは怖いのか、うなずきつつもコタローさんに体をすり寄せている。

これ以上ないくらい平和な光景に、誰もが自然と顔をほころばせていた。

「それじゃ、最後は」

一ノ関くんが、キッチンの隅へ移動する。

いつも七里さんが座っていた場所に、その姿はない。

変わらないと思っていた小熊猫軒にも、変化は訪れる。

もちろん、いい意味で。

「ただいま。美土理ちゃん、遅くなってごめんなさい」

小熊猫軒のドアが開き、七里さんと六日町先生が入ってきた。

ふたりが両手で抱えているかごに、春の野菜があふれている。

「待っててね、赤ちゃん。いま体をきれいにしてくるから」

とんとんと軽快な様子で、七里さんが二階へ上がっていった。

「あの、七里さんは本当に病気が治ったんですか」

私は黙々と野菜を洗い始めた六日町先生に尋ねる。

「ああ。治ったと言ってもいい。畑仕事をして、料理をして、還暦をすぎているとは思えないほどに元気だよ。奇跡とは言わないが、強運だ」

もちろん医療に絶対はないと言いつつも、六日町先生も安心しているようだ。

「美土理ちゃんのおかげよ。この子を抱きたくて、先生がんばったんだから」

二階から下りてきた七里さんが、いつもの席で一ノ関くんから娘を受け取る。

「いらっしゃい、赤ちゃん」

ばあと相好《そうごう》を崩す七里さんに、だあと娘も笑い返す。

「先生が道楽で始めた店を、コタローが継いでくれて。そのコタローにも、子どものような存在ができて。親から子へ、人から人へ。そうやってバトンのようにつながっていく小熊猫軒を見るのは、とても体にいいのよ」

だから病気が治ったのだと、七里さんは娘を抱いて笑った。

「もちろん、コタローの料理をたくさん食べたのもあるけどね」

七里さんがそう言うと、ときんちゃんだけがうなずく。

コタローさんは、ただふるふると震えていた。

クリスマスパーティーで、ときんちゃんを見たときと同じ反応だ。

たぶん、うれしくて、感動して、泣いているのだと思う。

七里さんは余命を宣告されたけれど、それでもコタローさんとすごしたかった。

だからつらい放射線治療に耐え、味覚を失っても料理を食べ続けた。

本当に七里さんを治したのは、私の娘や六日町先生じゃない。

いまこの場所にいる人たちは、みんなそれを知っている。

「よかったね、コタローさん」

私が声をかけると、ようやくいつものうなずきを見せてくれた。

うんうんと首を振るコタローさんに、みんながあたたかい眼差しを向ける。

「さあ、みんな突っ立ってないで料理を食べて。今日は先生もアップルパイを焼いたのよ。コタローを人間にした自信作。足りなかったら、どんどん注文してね」

七里さんとコタローさんが、お互いを見てうんうんとうなずいた。

テーブルの上には、グラタンにエビフライ、ロコモコ丼にラタトゥイユ、米粉のパンにミネストローネ、そしてドーナツやクリスマスパフェが並んでいる。

どれもパーティー有志組にとっては、思い出深い料理ばかりだ。

「遅くなりましたっ！」

さて食べようとするとドアが開き、大学生になった本八幡くんが入ってきた。

それを見て、日南さんが露骨に苦い顔をする。

「あ、もう全員集合ですか。あれ、どちらさまですか」

本八幡くんが話しかけたのは、すっかり忘れていた私の夫だった。

「きゅう」

コタローさんが夫に向かって、ぺこりと頭を下げる。

みんなが遅ればせながら、夫を「いらっしゃいませ」と出迎えた。

となれば私がやるべきは、キッチンに向かってこう言うことだろう。

「じゃあコタローさん、注文をお願いします」

この物語はフィクションです。
実在の人物、団体等とは一切関係がありません。
本作は、書き下ろしです。

■参考文献

『教科書名短篇少年時代』(中公文庫)より、三浦哲郎『盆土産』

鳩見すた先生へのファンレターの宛先

〒101-0003　東京都千代田区一ツ橋2-6-3　一ツ橋ビル2F
マイナビ出版　ファン文庫編集部
「鳩見すた先生」係

ファン文庫

こぐまねこ軒
～自分を人間だと思っているレッサーパンダの料理店　おかわり～

2021年5月20日　初版第1刷発行

著　者　鳩見すた
発行者　滝口直樹
編　集　山田香織（株式会社マイナビ出版）
発行所　株式会社マイナビ出版
〒101-0003　東京都千代田区一ツ橋2丁目6番3号　一ツ橋ビル2F
TEL　0480-38-6872（注文専用ダイヤル）
TEL　03-3556-2731（販売部）
TEL　03-3556-2735（編集部）
URL　https://book.mynavi.jp/

イラスト　ゆうこ
装　幀　AFTERGLOW
フォーマット　ベイブリッジ・スタジオ
ＤＴＰ　富宗治
校　正　株式会社鷗来堂
印刷・製本　中央精版印刷株式会社

 ISBN978-4-8399-7519-7
Printed in Japan

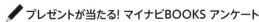

ファン文庫

神様の用心棒
うさぎは梅香に酔う

著者／霜月りつ
イラスト／アオジマイコ

友との別れの地へと足を向ける…。
大人気和風ファンタジー待望の続編！

時は明治――戦で命を落とした兎月は修行のため宇佐伎神社の用心棒として蘇り、日々参拝客の願いを叶えている。これまでの思いに踏ん切りをつけるため、ひとり五稜郭へ向かう。